Tucholsky   Wagner   Zola   Scott   Sydow   Freud   Schlegel
Turgenev   Wallace   Fonatne

Twain   Walther von der Vogelweide   Fouqué   Friedrich II. von Preußen
Weber   Freiligrath

Fechner   Fichte   Weiße Rose   von Fallersleben   Kant   Ernst   Frey
Hölderlin   Richthofen   Frommel

Fehrs   Engels   Fielding   Eichendorff   Tacitus   Dumas
Faber   Flaubert

Feuerbach   Maximilian I. von Habsburg   Fock   Eliasberg   Zweig   Ebner Eschenbach
Ewald   Eliot   Vergil

Goethe   Elisabeth von Österreich   London
Mendelssohn   Balzac   Shakespeare   Dostojewski   Ganghofer
Trackl   Lichtenberg   Rathenau   Doyle   Gjellerup
Stevenson   Hambruch
Mommsen   Tolstoi   Lenz   Hanrieder   Droste-Hülshoff
Thoma   von Arnim   Hägele
Dach   Verne   Hauff   Humboldt
Reuter   Rousseau   Hagen   Hauptmann   Gautier
Karrillon   Garschin
Defoe   Hebbel   Baudelaire
Damaschke   Descartes
Hegel   Kussmaul   Herder
Wolfram von Eschenbach   Dickens   Schopenhauer
Darwin   Rilke   George
Bronner   Melville   Grimm   Jerome
Campe   Horváth   Aristoteles   Bebel   Proust
Bismarck   Vigny   Barlach   Voltaire   Federer   Herodot
Gengenbach   Heine
Storm   Casanova   Tersteegen   Gilm   Grillparzer   Georgy
Lessing   Langbein
Chamberlain   Gryphius
Brentano   Lafontaine
Strachwitz   Claudius   Schiller   Kralik   Iffland   Sokrates
Katharina II. von Rußland   Bellamy   Schilling
Gerstäcker   Raabe   Gibbon   Tschechow
Löns   Hesse   Hoffmann   Gogol   Wilde   Gleim   Vulpius
Luther   Heym   Hofmannsthal   Klee   Hölty   Morgenstern
Roth   Heyse   Klopstock   Kleist   Goedicke
Luxemburg   Puschkin   Homer   Mörike
Machiavelli   La Roche   Horaz   Musil
Navarra   Aurel   Musset   Kierkegaard   Kraft   Kraus
Nestroy   Marie de France   Lamprecht   Kind   Kirchhoff   Hugo   Moltke
Laotse   Ipsen   Liebknecht
Nietzsche   Nansen
Marx   Lassalle   Gorki   Klett   Ringelnatz
von Ossietzky   May   Leibniz
vom Stein   Lawrence   Irving
Petalozzi   Knigge
Platon   Pückler   Michelangelo   Kock   Kafka
Sachs   Poe   Liebermann   Korolenko
de Sade   Praetorius   Mistral   Zetkin

Der Verlag tredition aus Hamburg veröffentlicht in der Reihe **TREDITION CLASSICS** Werke aus mehr als zwei Jahrtausenden. Diese waren zu einem Großteil vergriffen oder nur noch antiquarisch erhältlich.

Symbolfigur für **TREDITION CLASSICS** ist Johannes Gutenberg (1400 — 1468), der Erfinder des Buchdrucks mit Metalllettern und der Druckerpresse.

Mit der Buchreihe **TREDITION CLASSICS** verfolgt tredition das Ziel, tausende Klassiker der Weltliteratur verschiedener Sprachen wieder als gedruckte Bücher aufzulegen – und das weltweit!

Die Buchreihe dient zur Bewahrung der Literatur und Förderung der Kultur. Sie trägt so dazu bei, dass viele tausend Werke nicht in Vergessenheit geraten.

Leben Taten und Meinungen des sehr berühmten russischen Detektivs Maximow

Heinrich Lautensack

Impressum

Autor: Heinrich Lautensack
Umschlagkonzept: toepferschumann, Berlin

Verlag: tredition GmbH, Hamburg
ISBN: 978-3-8424-0878-4
Printed in Germany

Die Vorrede

(Ein also glücklicher Vergleich, daß wir schier fürchten, ihn ein wenig in die Länge gezogen zu haben. – »Was wir wollen.« – Und eine ernstliche Zurückweisung eines Verdachts, in den wir leicht hätten geraten können.)

So wenig er – dessen Namen wir nicht zu nennen brauchen – dafür etwa verantwortlich zu machen ist, daß seine Serie wundervoller Romane jene allesverheerende Flut von Detektivgeschichten heraufbeschwor (man denke an Mond und Ebbe, und man denke an Mond und Flut), so sehr kann ihm dieser Vorwurf doch nicht erspart bleiben, daß wir von allem privaten Leben seines Sherlock Holmes kaum ein Mehreres wissen als: daß Rauchen etwas ist, das einem zur Leidenschaft werden – und daß die Geige spielen (oder ist es ein Klavier? oder ist's eine Flöte) etwas, das Drüber- oder Drunterwohnende, Linksnebenan- oder Rechtsnebenanhausende gar wohl veranlassen kann, zum nächsten Termin oder vorher noch fluchtartig aus- und die Unannehmlichkeit eines, sagen wir, bis zur Totalität verwanzten Hauses (gegen solchen musikalischen Dauergenuß gehalten) immer noch bei weitem lieber vorzuziehen.

Sicherlich: dafür kann der Mond, der hohe, nichts, daß hienieden Ebbe ist und Flut. Aber dafür kann er etwas, daß er uns ewig nur seine eine Hälfte zukehrt. – Und genau so verhält sichs mit Conan Doyle: wie der uns ewig nur die detektivische Seite des Detektivs vordemonstriert. Und gar nie die rein-private.

Wir sind nicht Astronom genug, um zu wissen: ob Ebbe und Flut dann noch ebenso geschähen, wenn der Mond uns einmal auch seine rückwärtige Hälfte ersichtlich zukehren würde. Aber wir überschauen den literarischen Markt ziemlich genügend, um behaupten zu können: daß der (sonst so geniale) Schöpfer des Sherlock Holmes, indem er die menschliche Kehrseite seines Geschöpfs sozusagen uns jeweils und immer wieder vorenthielt, es seinen feilen Nachahmern nur um so billiger machte, ihn auf das billigste nachzuahmen.

Ahnt nun der Leser vielleicht schon bißchen, wohinaus wir wollen?

Der Detektiv – als Mensch. Als blutiger Mensch so gut wie du und wie wir. Und dann der Detektiv – als Liebhaber. Auf daß er ja recht sehr Mensch sei – als Liebhaber, blutiger Liebhaber ans Tierische abwärtstangierend (sagt man so?) gleicherweise so gut wie du und wie wir. Mit einem Wort: der Detektiv gar nicht so sehr als Detektiv. Keine *Ein-* (*ins* Detektivische), sondern vielmehr eine *Auskleidung* (*aus* dem Detektivischen). Wofern wir dieses Wort richtig anzuwenden verstehen: eine Inkarnation des Detektivs.

Denn: vom Gehirnschweiß eines Detektivs haben wir durch die schier unendlich angewachsene einschlägige Literatur mehr als eine Ahnung ... ja, um es dreist zu sagen: fast die Nase voll. Versuchen wir dieserhalb einmal, wie einer der sehr berühmten Detektivs pur als Mensch transpiriert ... als Mensch und obenein noch als Liebhaber.

Versuchen wir immerhin.

Wobei uns keiner aber nun mißtrauen soll. Als wie: wir hätten die Konjunktur gar fein erkannt. – Nein nein nein nein. Eine Konjunktur auszunützen, das läge uns ferne. Wir hätten dieses Büchlein auch ohne jede Konjunktur geschrieben. – Wir kannten und wir kennen unsern Leitsatz (nicht nur für dieses Büchlein): Von Erzählungen, so auf nichts als auf Spannung gearbeitet sind, von solchen ganz zu schweigen, haftet selbst allen Milieuschilderungen (wir können uns nicht helfen) immer etwas Reporterhaftes an; dagegen reine Menschlichkeitsschilderungen und -gemälde, eija, *die* haben Ewigkeitswert.

Baron G. de S. H. L.

Das erste Buch

Das erste Kapitel

(Nachdem wir aus dem reichen Material, das uns vorliegt, mit ziemlichem Talent – wie wir uns schmeicheln – denjenigen Punkt ausgewählt haben, an dem die Geschichte – nach ein paar einleitenden Worten nur – sogleich einsetzen kann, fassen wir den ganzen verbleibenden Rest des Kapitels unter diesem neckischen Schlagwort zusammen:

Rekonvaleszenz und Liebe.)

Von allen den »Beamten zu besonderen Aufträgen im Ministerium des Innern zu St. Petersburg« war Maximow einer der eifrigsten; und – nicht nur wegen dieses seines Eifers – einer der erfolgreichsten. Bei seinen Vorgesetzten sehr gut angeschrieben, bei seinen Kollegen und Untergebenen – trotzdem – nicht minder beliebt, schien ihm eine sehr, sehr glänzende Karriere gesichert. – Aufrichtige Betrübnis mußte daher im gesamten Ministerium die Nachricht hervorrufen: Maximow – der mehr denn gewiegte Kriminalist – in Odessa – wohin zur Lösung eines besonders schwierigen Kriminalfalles abkommandiert – meuchlerisch überfallen – lebensgefährlich verwundet. – Ja, einmal u.a. gar wollte man wissen – »tot« – –

Indes, eine selten glückliche Natur – wir übersetzen diese Stelle aus einem schier einstimmigen Bericht aller Blätter Wort für Wort – trug schließlich den Sieg davon; und nach etwelcher Zeit konnte Maximow – spaltenlang begrüßt – nach St. Petersburg zurückkehren.

Ärztliches Zeugnis drang auf halbjährigen Urlaub. – Nunmehr flossen dem Rekonvaleszenten die Tage ruhig und angenehm dahin. Unser Maximow trieb Studien – mit Muße; aß ausgesucht – mit Muße; und pflegte Theater und Gesellschaften – Genüsse, die er in den kleinen unzivilisierten Nestern, dahin der Dienst ihn so oft verschlug, schmerzlich entbehrt hatte. O über das Gefühl, einmal ganz Herr seiner Zeit zu sein ...!

Und namentlich die Damen (wie ja wohl vorauszusehen war) huldigten ihm nun – eine jede auf ihre Weise (was dann gleichwohl ein wenig uniform ausfiel). War er quasi doch Mode geworden. – Herren entwickeln in solchen Fällen meist eine Art, die außer einem

Händedruck nicht viel mehr zu sagen weiß als: »Sie müssen uns – gelegentlich – mehr von allem erzählen« – oder gar nur: »Die Gazetten haben ja ziemlich ausführlich darüber geschrieben – Sie Glücklicher« – ; je dennoch bei der Damenwelt erregte seine heldische Tapferkeit anläßlich jenes Odessaer Attentats – er hatte, obgleich längst und schwer verwundet, doch noch die beiden Meuchlerischen niedergeschossen – die weitgehendste Bewunderung.

Wobei ihm freilich dieses noch sehr zustatten kam: daß Maximow entschieden ebenso hübsch wie elegant genannt zu werden verdiente. Die Nähe des hübschen Elegants und eleganten Hübschlings machte in den Damen jenes wollüstige perverse Grauen sich rühren, das sonst nur der Anblick eines Tigers in sicherem Käfig gewährt. Das war aus weiblich Augenwinkeln jäh ein Blitzen und hart unterm Decolleté-Rand ein Brustwarzen- Sichspitzen: An deinen Händen – du – klebt Blut. – – –

Wie Maximow dazu sich verhielt? Politisch – mit einem Wort. Er verfuhr – allen Verehrerinnen gegenüber – vor der Öffentlichkeit heißt das – gleich höflich und korrekt. Und versuchte eine einmal, ihn bei einer Gesellschaft gänzlich mit Beschlag zu belegen, da konnte er – über die Gebirge etwa auf dem Mond – so lange einen Vortrag halten, bis die Bedrängerin gelangweilt den Rückzug antrat.

Nicht daß er einem Keuschheitsbunde angehört hätte, unser Maximow. – Diese scheinbare Kälte und Zurückhaltung, sowie ein anderes sich erhitzte und sich selber gar nicht mehr zurückhalten konnte oder wollte, dieses wirkte erst recht aufreizend – und sollte es z. T. wohl auch. So daß – unter dem Vorwand, juristischen Rat sich zu holen – keine kleine Anzahl von Damen ihn in seiner Wohnung aufsuchte. Und da – – und dann – – nein, nein Maximow, der war viel eher das Gegenteil von prüde. Nur: er genoß eine Frau gern mit derselben ruhigen Selbstverständlichkeit, mit der du ein gutes Glas Wein trinkst. Und – daß du dabei nicht stets von der gleichen Marke dir wünschest – darin kamen ihm ja die Damen in ihrer Unterschiedlichkeit ebenfalls entgegen. – Eins aber muß bei alledem sehr betont werden: Der ganzen Gattung dieser modernen leichtlebigen Frauen galt seine Liebe – keiner einzlen.

Was wiederum mehr seiner Politik denn seinem Naturell von Haus aus entsprang. (Von jenem gegenwärtigen rekonvaleszenten Körperzustand nicht zu reden; denn unser Rekonvaleszent schien sich tatsächlich einer »selten glücklichen Natur« zu erfreuen.) – Maximow – immer unter der Maske, nur der Gesellschaft und dem Vergnügen zu leben – versuchte es nicht nur, sondern verstand es wirklich meisterhaft: Verbindungen anzuknüpfen, die seinem Avancement dienen konnten. Nicht nur die Petersburger Damen aber betrachten alle unverheirateten hübschen eleganten Männer als ihr Allgemeingut, das vorübergehend einer jeden, dauernd indes keiner einzigen zugehören soll – als einen Wanderpreis, höchstens auf Wochen, lieber aber nur auf Tage. Und nichts nehmen nicht nur die Petersburgerinnen einem jungen Mann so übel, als wie wenn er sich in Fesseln begibt und dadurch allen zugunsten einer einzigen verloren geht. Der kluge junge Beamte, der Karriere machen will, achtet dieses ungeschriebene Gesetz; und es geht eine Variante von einem Sprichwort: Frauengunst zwar baue den Beamten Häuser, Frauenhaß aber reiße sie mit verdoppelter Sicherheit nieder ...

Nein nein nein nein; Maximow besaß neben vielen anderen Talenten noch dieses eine Talent: in Wollust nicht zu erschlaffen, sondern vermittels Wollust sich zu – – trainieren.

Geistig wie körperlich.

Gleichwohl (liegt uns doch nichts ferner, als unsern Helden – und wenn auch nur sexual – zu einer Art Übermensch zu stempeln) ... gleichwohl versagt eine jede Fähigkeit irgendeinmal. Droht zumindest zu versagen. Und signalisiert dieserhalb (also weise ist die Natur) dieses Bedrohliche irgendwie. – Dabei kann ein solches Signal entweder sofort sehr richtig verstanden oder – wenn auch unabsichtlich – bös falsch ausgedeutet werden. Je nachdem. – Das Letztere – etwas wie einen ahnungslosen Selbstbetrug – sind wir geneigt, bei Maximow anzunehmen.

Daß dieser bei den vielen Damen doch nie den Erobernden, sondern stets nur den Eroberten zu spielen bekam (auf Haarspalterereien wie: »Aber ich *wollte* mich ja doch erobern lassen!« gehen wir lieber gar nicht erst ein) – das hatte er über einer gewissen Eitelkeit, schlechthin der umschwärmteste Punkt zu sein, total vergessen. Und indem er noch dazu (es ist ein Heikles, darüber zu reden –

gewiß doch; allein es dünkt uns ein ungeheuer Wichtiges, dieses Thema zum wenigsten zu streifen) ... indem er also noch dazu – liebes-physikalisch genommen – bei all den amoureusen Strapazen bislang einen solchen Widerstand aufgebracht hatte, daß der eigentlich nur nach Pferdekräften auszurechnen ginge, so erhöhte sich die vorhin erwähnte an sich schon nicht geringe Portion Eitelkeit dadurch noch um ein gar Erhebliches. Also daß die Situation nun diese war: Maximow hätte einen jeden einfach ausgelacht, der ihm da von einer höchstbaldig eintretenden (eintreten *müssenden*) Reaktion auf diese letzten sechs oder sieben Wochen gesprochen hätte. Einfach brutal ausgelacht. Er glaubte nun einmal an keine Reaktion in irgendwelchem Betracht. Er hätte um keinen Preis daran geglaubt, daß sein durch Passivität malträtierter Körper es etwa satt hatte, immer nur diesen Passiven zu spielen (worauf er – Maximow – als auf ein Zeichen von immer noch genügend gesunder Männlichkeit im übrigen doch gewißlich hätte stolz sein können); um wieviel weniger noch war er gar geneigt gewesen, anzunehmen, wie daß sein leiblicher Zustand ein solch gesundes Reagens etwa nur posieren würde, um eine nahende Impotenz von sich selber wegzulügen (eine entschieden viel ungesundere Machenschaft). – Ach, der Detektiv in seiner übermäßig gestrafften Eitelkeit (»Eine wie so breite Brust ich doch kriege!« sagte er des öftern sich blähend und gebläht zu seinem Diener) ahnte nicht, daß seine körperliche Konstitution etwas wie eine – – – Bilanzverschleierung vornahm!

Ach, ach, unser Detektiv hatte jenes Signal, von dem weiter vorn die Rede war, eben total mißverstanden! – Beweis? – Diese folgende Meditation, die er auf dem Weg zum Hause seines Kollegen Markow anstellte – Zigaretten schmauchend, die ihm zu schwer wurden, in seinen schweren Pelz eingemummelt, der ihm heute zu heiß zu werden schien –:

»Wirklich! Das muß man sagen: ich bin zu sehr an ernste Arbeit gewöhnt, um auf die Länge dieses faule, dieses nur dem Genuß und der Intrige gewidmete Dasein zu goutieren. Und ich fühle es ja auch, ich fühl's – wie ich mich nach den Aufregungen und Strapazen des Dienstes förmlich sehne.«

»Übrigens, das Petersburger Leben zirkuliert schnell ... man jagt, man hascht stets nach etwas Neuem und Sensationellem; ich will mich daher zurückziehn, solange ich noch der gefeierte Held bin ... schon um nicht Gefahr zu laufen, daß ich vorher aus der Mode komme. – Für den Zweck, Karriere zu machen – hab' ich da nicht genügend Verbindungen bis jetzt angeknüpft, Verbindungen, die durch längeres Verweilen mir höchstens wieder verloren gehen könnten – ?«

»Im Gedächtnis deiner Bekannten, mein lieber Maximow, bleibt die gesellschaftliche Stellung haften, die du bei deiner Abreise einnahmst. Gehst du jetzt, so bist du bei deiner Rückkehr noch genau die berühmte Persönlichkeit – und auf ein Neues stehen dir alle Türen offen. – Da die »Beamten zu besonderen Aufträgen« eigentlich stets unterwegs sind, so komm' ich, wenn ich wieder Dienst tue, selten und auch dann nur für ein paar Tage nach St. Petersburg; und diese Zeit genügt, die Beziehungen aufrecht zu erhalten, in demselben Maße, in dem sie zu knapp bemessen ist, die nützlichen Verbindungen durch Überdruß lockerer zu machen.«

»Also weiß ich, was ich tu!« sagte Maximow bei Markows angekommen, zu seinem Freunde Markow: »Ich geh von dir dann stracks zu meinem Arzt, mir auf eine letzte rein-förmliche Untersuchung hin das Gutachten zu verschaffen, daß ich meinen Dienst lang vor Ablauf meines Urlaubs wiederanzutreten imstande bin!« und war so froh, seines Pelzes heut' ledig zu sein, wie er glücklich sein wollte, den Urlaub loszuwerden.

Der aber, der sein Freund Markow war, versetzte nichts als: »*Sie* ist natürlich wieder da!« Woraus jeder Halbeingeweihte – aus dem mürrischen Ton allein schon, mit dem das vorgetragen wurde – auf der Stelle wußte, daß damit nur Sonja gemeint sein konnte.

»Sonja?« – Und etwas zwang Maximow in demselbigen Augenblick zu diesem Namen hinzuzusetzen: »Diese arme Kleine kann einem zwiefach leid tun! Erstens darum, daß du sie überhaupt nicht riechen magst; und zweitens darum, daß ich sie – wenn ich schon einmal in Laune bin – nichts als ärgere.«

Aber da wurde Markow gradaus wütend: »Nun, so ärgere sie doch – meintswegen – von nun an nicht mehr!«

»Ich glaub'« versetzte Maximow; »ich glaub' wahrhaftig, ich hab' sie immer nur geärgert, um dir damit eine Freude zu machen!«

»Und selbst dies Bißchen soll nun ein Ende haben?« ergrimmte Markow nur noch mehr.

Aber da trat Sonja ein. – Maximow, der fast täglich im Hause seines Kollegen Markow verkehrte, kannte dieses junge Mädchen aus der Provinz (aus Wassilkow? ja! Richtig! drei Stunden von Kiew!), das von seinen Eltern (sehr schlichten Bürgersleuten) nach St. Petersburg zur Absolvierung der Musikakademie geschickt und eine Freundin der Frau des Markow war ... Maximow kannte dieses junge Mädchen schon lange. Trotz ihrer großen schlanken Figur konnte man »die arme Kleine« nicht als hübsch bezeichnen; und auch besonders amüsant zu sein, war ihr letzter Fehler. Obgleich er es wie gesagt sehr häufig bei Markows traf, beachtete Maximow das junge Ding kaum; neben den vielen pikanten Damen schien es ihm stets nur ein reizloses Gänschen. Bloß manchmal, in Ermangelung eines Bessern, wie auch um Markow eine kleine Freude anzutun, neckte er es; und die ungewandten Antworten machten ihm Spaß. – Was das junge Mädchen anbetraf, so empfand es für den glänzenden geistreichen Kavalier ungleich mehr Respekt als Sympathie.

Heute indes machte Maximow dieser Sonja schier den Hof. Schier den Hof. – Und das geschah nicht so sehr, um Markow damit einen Tort anzutun als ... als wie ... als wie vielmehr ... nun? ... na??

Ach, ach, ach, unser Maximow wußte es sich selber nicht im geringsten zu erklären!

Das zweite Kapitel

(Wir waren einmal schon sehr nahe daran, dieses ganze zweite
Kapitel wegen jenes neckischen Schlagworts – denn auch dieses
zweite Kapitel ließe sich am treffendsten mit *Rekonvaleszenz und
Liebe* überschreiben – wegen jenes neckischen Schlagworts also
ganz noch zum ersten zu werfen. Wodurch übrigens – durch solche Praktik – direkt eine Synthesis geschaffen worden wäre.)

...wenn auch an demselbigen Tag nicht mehr, so war es doch den
darauffolgenden, daß Maximow zum Arzte ging. – Dieser aber –
der Arzt – dieser schnitt nach der ersten rein-förmlichen oberflächli-
chen Untersuchung, die ja die letzte sein sollte, sogleich ein Gesicht,
als ob da wir wissen nicht was für Komplikationen eingetreten wären. Und verbot – nach ein paar anzüglichen Redensarten – unse-
rem Rekonvaleszenten kurzerhand, die Berufstätigkeit jetzt schon
wieder aufzunehmen.

Die Berufstätigkeit schon jetzt wieder aufzunehmen. – Und Maximow, der St. Petersburg auf jeden Fall verlassen wollte, beschloß
danach, den Rest des Urlaubs in der Krim zuzubringen. Und machte sich auch schon an die obligate Abschiedsvisitentournee – mit
tieftraurigem Gesicht allerorten über den grausamen Doktor sich
beklagend, der ihn nach dem Süden schickte; und allerorts dafür
das schmerzliche Bedauern entgegennehmend, was einen ausge-
zeichneten Mann, was eine Zierde eines jeden Salons, was einen
nach wirklichem Verdienst zum Mode-Gesellschaftsliebling erho-
ben usw. usw. usw. man verliere. – Und da wurde Sonja eines Tages bei Markows grad ans Telephon gerufen. Und da der Apparat
sehr niedrig hing, mußte sich die arme Kleine tief bücken, um besser sprechen zu können. Und durch dieses Herabbeugen des Kör-
pers schmiegte sich (weiß der Teufel) das Kleid ein wenig eng, ein
wenig allzu eng fast an. Und so kam Sonjas »bildschönes Unterge-
stell« – für Maximow wenigstens – zum allerersten Male voll zur
Geltung. Und Maximow war entzückt. Ja sogar – Maximow war
baff. Nie hätte er an dem schlichten Mädchen soviel verborgenen
Liebreiz geahnt. Welche Menge Genuß mußte es sein, diese pracht-
vollen edlen Formen und Linien zu streicheln. Sicherlich eine ganz
tolle Menge. – Wir müßten vor dem Leser (wie erst vor der Leser *in*)

noch einmal ein vollständiges Bild von all der jüngsten »Vergangenheit« Maximows entwerfen, um daß dieses sein »jähes« Gefühl für Sonja und insbesonders die paradox klingende Formel, in die er dieses Gefühl kleidete (»gegen diese eine Sonja haben sämtliche Petersburger Frauen O-Beine!«) als vor dem einzig physiologisch wahren wie wahrmachenden Hintergrund richtig in den Raum zu stehen käme. Allein – so sehr wir vor Jahrhunderten schon gelernt haben, eine Landschaft perspektivisch zu sehen und wiederzugeben, so sehr haben wir es bis auf den heutigen Tag bedauerlicherweise unterlassen, diese Erfahrungen etwa Punkt für Punkt auch auf das Sexual-Leben (d. i. »Landschaft der Seele« – ein etwas verlogener Ausdruck zwar, aber faute de mieux –) zu übertragen. Und so steht es um diese Sache heute so, daß – selbst wenn wir (zum überhaupt erstenmal) halbwegs vermöchten, was, seit es eine Literatur gibt, noch keiner vermocht hat – daß ihr die Zeichnung dann doch nur schief schelten und als durchaus verzeichnet verschreien würdet! Also damit ist es nichts und keinesfalls etwas; ... was denn aber sonst tun? Bloß nicht – bloß nicht zu der übelsten von allen Ausreden greifen – sich verzückt stellen und verzückt von »Liebe auf den ersten Blick« stammeln! Da sei Gott vor, daß wir in diese Allerwelts-Selbsttäuschung verfallen! Lieber noch – immer lieber noch, was uns freilich in der Muttersprache Goethes unangängig erscheint, all jene blasphemischen Auslassungen über den *Faust*, dem *Gretchen* erstmalig begegnet, hiehersetzen: all jene Blasphemien, wie sie sich in der übrigens vergriffenen russischen Ausgabe dieses Büchleins fanden! Nun denn ... wir wollen weder das eine noch das andere von diesen beiden tun (obwohl eine Parallele mit Faust auch auf den Faust selber ein neues Licht würfe – wir erinnern hier nochmals an die russische Ausgabe) und werden also im abgeklappertsten Erzählertrott von der Welt fortfahren: – Maximow sah Sonja auf einmal mit ganz andern Augen an. Alles, was ihm früher spießbürgerlich und langweilig an ihr erschienen war, das führte er jetzt ohne jede Mühe auf kindliche Naivität und mädchenhafte Scheu zurück. Solch ein reines unverdorbenes Frauengemüt – was ein Seltenes nicht nur in St. Petersburg. Wie schutzlos und verlassen stand sie da. Die Frau des Markow ihre einzige Freundin, ihr einziger Verkehr – was ein trostlos einsames Leben für ein junges Mädchen. O und selbst diese Freundschaft, selbst dieser Verkehr war nicht mehr allzu lange – indem Kollege Markow doch schier unablässig gegen dieses langweilige zudringliche Provinzgänschen wetterte und es auf alle Art loszuwerden versuchte. Maximow empfand mit einem Schlage aufrichtiges Mitleid mit Sonja – aufrichtigste Sympathie. Der Gedanke bloß, sie könne einem Wüstling, der solche Unerfahrenheit ausnütze, in die Hände fallen, verstimmte ihn. Er beschloß daher, sie unter seinen speziellen Schutz zu nehmen – so lang er noch in St. Petersburg weilte.

So lange er noch in St. Petersburg weilte? – Maximow betrieb die eifrig angefangene Abschiedsvisitenrunde um gut die Hälfte nun weniger eifrig: so sehr geschmeichelt und beglückt fühlte sich das junge Mädchen durch das plötzliche liebenswürdige Interesse des »berühmten Mannes«. – Da Sonja aus der Provinz (aus Wassilkow – drei Stunden von Kiew) stammte, wo die Moral doch noch eine ungleich strengere ist, so gab Maximow ihr – »zur Kultivierung des Terrains« – pikante Lektüre. Diese Bücher schienen dem jungen Mädchen nicht uneben zu gefallen. Die ehedem »so schlafmützig« dreinblickenden Augen bekamen einen feuchten Schimmer. Und auch auf ihre Toilette legte die Kleine hinfort mehr Gewicht. Ja sogar Maximows innige Händedrücke erwiderte sie – nach drei, vier Tagen schon – herzhaft. – Und dieses war den vierten oder fünften Tag, daß – als er wieder einmal bei Markows vorsprach und der ihm öffnende Diener meldete: die Herrschaften wären ausgegangen und kämen erst in einer Stunde zurück – unser guter Maximow vielahnend Sonjas Mantel im Entree hängen sah und daher erklärte, immerhin warten zu wollen.

Immerhin warten zu wollen. – In demselbigen Salon, in dem das junge Mädchen wartete. – »Haben Sie *gewußt*, daß ich...daß ich hier bin?«; das Mädchen. »Haben *Sie* gewußt, daß Markows ausgegangen waren?«; der Mann. Es ließe sich ein ganzer Band Poesien über das erstmalige Zuzweien-Alleinsein abfassen. Eine seitenlange Poesie allein schon über den großen Brand Moskaus überm Sofa. Denn: das alles kommt dann nie nie nie nie – kommt niemals niemals wieder. Eija: der Große Brand Moskaus überm Sofa miteinbegriffen. – »Nein wirklich – haben Sie *gewußt*, daß ich...daß ich hier bin?«; das Mädchen. »Nun mal aufrichtig – haben *Sie* gewußt, daß Markows ausgegangen waren ?«; der Mann. Und da schmollt dann das Mädchen (und denkt: oho! so weit sind wir noch lange nicht, mein Herr!); und da ergreift der Mann des Mädchens Hand (also wären wir ja trotzdem schon so weit, meine Schöne!); und kaum drei Herzschläge später hat ein Mann wie Maximow ein Mädchen wie Sonja geküßt – und zwar, um ein etwaiges Geschrei zu verhindern, mitten auf den Mund.

Mitten auf den Mund. – Und dann gehts allemal los: als ob so Zweie in einer Viertelstunde gleich ganze Jahrzehnte Küsserei nachzuholen hätten. – Zwar stellen sich beim Mädchen – nebenher-laufend – dann und wann Gewissensbisse ein; indes, diese weiß ein Mann – gleichfalls nebenbei – schnell zu beruhigen. – Fatal ist in einem solchen Fall höchstens der Umstand, daß gewisse Markows, eher als man ahnt, zurückkommen – und der Geliebten glühendes Gesicht, die arg zerzauste Frisur und der durchaus zerküßte Mund, mehr als man will, verraten könnten. Doch da macht man das Mäd-chen auf diesen Punkt eben besonders aufmerksam, bittet es unter mancherlei Küssen, nun brav zu gehen und — »und morgen um die gleiche Zeit« (oder gar »zur Feier dieser Stunde«) »wollen wir uns wieder hier treffen!«

Bald danach kehrten Markows heim. – Da die Tatsache aber, daß das junge Mädchen eine Zeitlang dagewesen, da diese Tatsache totzuschweigen unklug gewesen wäre – meldete der Diener nicht jeden Besuch? – mithin Geheimniskrämerei höchstens Mißtrauen hätte erwecken können, so erwähnte Maximow gelegentlich: Ach ja, Sonja sei dagewesen und habe auf die Freundin gewartet. »Ach?«; Frau Markow. Doch habe sie in die Musikakademie gemußt und deshalb nicht länger bleiben können. »Gott sei's getrommelt und gepfiffen!«; der freundliche Hausherr.

Ist es nicht etwas überflüssig zu erwähnen, daß man sich pünkt-lich wie verabredet den nächsten Tag wieder bei Markows sah? – Eher scheint uns noch dieses von Belang, daß die Angst Maximows, Sonja würde ihre »Gefühle« durch auffälliges Benehmen verraten, sich als eine sehr unbegründete erwies. – Sagen wir doch kurz und bündig so: Junge Liebe ist gemeinhin von einem Regietalent, zu dem jedes künstlerische Theater der Welt sich nur gratulieren könn-te ... und seien wir lieber auf die Fortsetzung gespannt: auf jenen Augenblick heißt das, da einem von den beiden Teilen wenigstens dieses bloße Sich-treffen und -sehn und verstohlens eine Viertels-liebkosung-Austauschen nicht mehr genügen will ... auf jenen Augenblick mit einem Wort, da du den Großen Brand von Moskau überm Sofa überkriegst, so sehr entbrennst du nach etwas Größerem.

Maximow hatte bei Markows unschwer herausbekommen, zu welchen Tagesstunden das junge Mädchen die Musikakademie besuchte. So war ihm, sie auf ihrem Nachhausewege wie von ungefähr zu treffen, ein Leichtes. Und bevor Sonja noch recht zur Besinnung kam, fand sie sich in einer Droschke... und aber bevor Sonja noch dahin gelangte, um jeden Preis nun wieder aussteigen zu wollen, hielt das Vehikel auch schon vor einer – *Konditorei.* – Dieses Rendez-vous unter Kuchen und Schlagsahne gefiel Sonja ausgezeichnet. Mit Vergnügen erklärte sie sich bereit, morgen auf die gleiche Weise »entführt« zu werden. – Und ein paar Tage später erklärte Maximow: ehe er nun definitiv abreiste, hielt er sich geradezu für verpflichtet, das süße Lieb usw., das noch nie ein Varieté gesehen, abends ins »Aquarium« zu führen. Nur müsse Liebling die Sorge, dort gesehen zu werden, ablegen; wozu gäb's Logen? Und was Sonjas aufpasserische Wirtin (den »Drachen aus Wasslikow«) anbelange: wozu gab's Bälle, zu denen man (von Markows natürlich!) mitgenommen wird?

All right! –

Die Logen des Aquariums sind geräumige Zimmer. Und nur durch ihre Fenster kann man auf die Bühne sehen. Nichts für Kunstenthusiasten also, die einem Elite-Gala- Riesen- oder Sensationsprogramm Nummer für Nummer folgen wollen... was übrigens die Stores an den Fenstern der Logen am besten beweisen, indem sie meist sehr heruntergelassen sind. Die Hauptaufgabe der Logen ist die: ein gemütliches ungestörtes Zusammensein mit den Artistinnen zu gewähren... – Das Souper, das Maximow durchgehends aus pikanten und durchmachenden Speisen zusammengestellt hatte, wurde serviert. Dazu schwerer Burgunder, zu dem aber Maximow eigentlich gar nicht so sehr hätte animieren brauchen – taten doch (von den Speisen wirklich nicht zu reden) die rauschende Musik da draußen zusammen mit der Fülle bunter Bilder auf der Bühne ein reichliches Übriges.

Also daß Sonja lang vor den kinematographischen Vorführungen schon nicht mehr übermäßig nüchtern genannt werden durfte. Und vom Aquarium zu einem Hotel garni nur ein Schritt war.

Sonja glaubte Maximow aufs Wort (die Türe zum Schlafzimmer war durch Portièren raffiniert versteckt – und das Straßenentree der Separees ist in vielen Lokalen auch von St. Petersburg einfach und unauffällig gehalten) – aufs Wort: man sei in irgendeinem Restaurant. Allwo es Kaffee mit Vanille gekocht gab – und hinterher süßen Likör.

Bald war Sonja *überhaupt* nicht mehr nüchtern. Ja sogar, sie war so sehr betrunken, daß – – – Doch wozu das hiehersetzen und das Mädchen so fürs ganze Leben lang unglücklich machen wollen? Es genüge, daß es eine Äußerung war, die sie über jene höchstraffinierten Portièren tat, so naiv und doch so raffiniert wie nur jene Portièren selber.

Das dritte Kapitel

(Maximow – ein Verführer? Mais quand même ... wieweit wohl würde er dieses dann nur widerwillens; anders ausgedrückt... bis zu welchem Grade war er darin nichts als ein Produkt seiner Verhältnisse? – Diese Frage, die übrigens eine Doktorfrage ist, auch noch auf jene famose Katzengeschichte ausgedehnt.)

Als das junge Mädchen das Geschehene begriff, geriet es – immer noch hinter jener Portière – in die hellste Verzweiflung. In die Newa springen – das war noch das harmloseste Projekt. Maximow überschüttete sie mit Zärtlichkeiten und stellte ihr unterdessen so recht vor, wie schmutzig und wie kalt jenes Wasser sei. Und schließlich mußte das Sonja doch selber einsehen – und ließ solchen Plan wieder fallen. – Und da hub Maximow an, sich seinerseits nun anzuklagen. Als wie: *er* sei der einzig Schuldige. Denn *er* habe doch immerzu und immer wieder drauflos so vielen Alkohol bestellt. Und so wolle das leider Nichtwiedergutzumachende *er* mit dem Tode sühnen. *Er ganz allein.* Hier freilich habe er keinen Revolver zur Hand. Aber zu Hause – gleich nachher – erschieße er sich... totsicher. Und sein letzter Wunsch auf dieser Erde sei: daß sie von Zeit zu Zeit sein Grab betreten komme. – Dieses aber paßte Sonja wieder nicht. Sie sei Mitschuldige am Geschehenen. Also *folge* sie ihm in den Tod.

Wie? Nein! Damit könne er sich nun wieder partout nicht einverstanden erklären. Schon ihrer Eltern wegen habe sie die Pflicht, weiter zu leben. –

Was? *Nie!*

... Und dieser edle Wettstreit wurde zeitweise dann immer durch Liebkosungen unterbrochen. Wobei sich's nur noch frägt: wer denn seine Farben stärker auftrug – er oder sie? Und dabei wieder: aus wem von den beiden lauter aller Wein redete – aus ihr oder ihm?

Sicher ist nur, daß während Maximow fast ausschließlich darauf bedacht sein mußte, eine halbwegs mögliche Grenzregulierung zwischen diesen beiden Gebieten: Selbstanklagen und Liebkosungen vorzunehmen. – Sonja bald ganz in diesem einen Gefühl aufging, ihm, den sie immer so »groß« gekannt hatte und der nun mit einem Male so »klein« geworden war, den Helden von Odessa mit andern Worten aus dieser nächsten Nähe noch einmal so ragend zu sehen, wie sie ihn einst aus der Entfernung erschaut und bewundert.

So sehr, daß selbst bei Erwähnung der ungeheuer strengen Eltern in Wassilkow Sonja dann nicht einmal mehr heftiger aufjammerte ... und Maximow es geraten fand, sich endlich so weit erweichen zu lassen: daß er mit dem Totschießen – vorläufig wenigstens – noch warten wolle.

Und mittlerweile war es fünf Uhr am Morgen geworden und mithin höchste Zeit, daß das junge Mädchen nach Hause kam. Sonst konnte die Wirtin am Ende mißtrauisch werden! Länger als wie bis fünf oder sechs Uhr dauern auch in St. Petersburg die Gesellschaften nicht! – Die Liebenden (nachdem sie verabredet hatten: um alles weitere zu besprechen, solle Sonja den nächsten Tag in Maximows Wohnung kommen) gelobten dann erst noch einander, vor dieser Unterredung *weder* ins Wasser zu springen *noch auch* sich totzuschießen ... und mit einem herzlichen Kuß und dem Schwur ewiger Liebe und Treue trennten sie sich vor Sonjas Haus.

Den anderen Morgen, da unser Maximow erwachte:

»Ein unsäglich albernes Gefühl...! Schulbubenbängnis...! – Aber wer zum Teufel, Maximow! hindert dich denn, vor Ablauf der nächsten zwei Stunden schon nach der Krim abzudampfen ?! – Aber nein, das *ist es* doch nicht! Es ist vielmehr: warum bei allen Höllen hat mich nichts daran verhindert, mich aufzuführen, als ob das die einfältigste Gans von der Welt gewesen wäre?! – Aber Herrgott – nein, das ist es doch *auch* wieder nicht! Es ist vielmehr einzig die *alte* – – – – na, sagen wir schon *Dame*, die nun einmal Sonjas »Wirtin« ist! Jaaaa, wenn sie irgendeine Wirtin wäre! aber ist die doch – ausgerechnet! – eine Landsmännin Sonjas und von den Eltern Sonjas quasi zur Ersatz-Mutter Sonjas bestellt! – Schulbubenbängnis...! Ein unsäglich albernes Gefühl...!«

Man sieht: Maximow war sein Amt derart in Fleisch und Blut übergegangen, daß er allenthalben »Geständnisse« witterte! – Und man muß schon sagen: hätte Maximow halbsoviel je »Provinzmädchen« gekannt als er (insbesonders in der letzten Zeit) mit Damen von Welt zu tun gehabt hatte, dann hätte er wohl niemals eine ähnliche Angst auszustehen brauchen!

Die reinsten Kater-Ideen!...

Fast so pünktlich wie verabredet erschien das junge Mädchen. Sah zwar etwas blaß und »elegisch« aus, aber atmete soviel Frische, ja sogar soviel *Unberührtheit*... daß dies allein schon Maximow ein seltenes Erlebnis dünkte. Geschlafen hatte sie, wie sie aussagte, gut; und der Wirtin war nichts aufgefallen. »Ich log ganz genau nach deinen Angaben, was den Ball anbetrifft...«

Und Maximow zog seine Schöne zu sich auf seinen breiten türkischen Diwan. – Und da war's natürlich, daß nach den ersten paar Küssen Sonja neu zu jammern anhub und sich in verzweifelten Selbstanklagen erging. Und u.a. dann Maximow auf den Kopf zusagte, er wäre heut dreister denn gestern. – Der aber unterdrückte feinsorglich eine jede Bemerkung als wie: keine Reise der Welt könne das Ereignis des gestrigen Abends ungeschehen machen – und redete lieber von morgen und allen kommenden Tagen und wie ein freies Zusammensein aus wirklicher Liebe um ein Bedeutendes noch moralischer sei als z.B. jemandem, den man nicht einmal achte, durch die Ehe gezwungenermaßen anzugehören.

Und da ihm dabei just der ausgelaufenste, dreckigste aber steinreiche alte Junggeselle Melnikow einfiel, dessen über und über behaarte und ungemein schweißige Hand allein schon das Entsetzen aller Bekannten (worunter auch Sonja) bildete, so sagte er:

»Denke dir nur, deine Eltern hätten dich, indem sie unbemittelt sind, gezwungen, – sagen wir – diesen Herrn Melnikow zu heiraten!«

... Die Situation, in der sich die beiden just befanden, war nicht gerade für die breiteste Öffentlichkeit berechnet ... und so verstärkte das noch den Eindruck ... und Sonja grauste sich tatsächlich sehr. – Sie versprach, nie wieder zu klagen, wenn er nur »keine so unästhetischen Beispiele« mehr anführe. Und – nein – dieses soeben, das sei – für ein Mädchen wie sie – ach, wirklich etwas ganz und gar Schreckliches gewesen!...

Die ganze freie Zeit brachte das junge Mädchen bei Maximow zu. Anfangs zwar hatte sie sich etwas vor dem Diener geniert – doch es ist fast nicht zu glauben, wie schnell sowas vergeht – und nun schaltete und waltete sie als die kleine Hausfrau. – Jene Sache mit der Musikakademie, das war ihr stets etwas Leidiges gewesen. Nun wußte sie, worin sie in ihrem Element war.

Und Maximow fühlte sich wohler zu Hause, wohler denn je. Tausend Kleinigkeiten verrieten eine liebe Frauenhand. – Und bei einer Zigarette oft konnte sich Sonja geradezu groß damit tun, daß sie ihrem Schatz die bösen Selbstmordgedanken nach und nach gänzlich ausgeredet ...

Bloß diese Wirtin des jungen Mädchens verdarb den beiden oft viel gute Laune. »Immer wenn's am schönsten ist –«; man kennt den Ton. – Die Liebenden zerbrachen sich wie so oft vergeblich den Kopf, wie dieses »Verkehrshindernis« denn wohl am besten zu beseitigen ...

Diese Wirtin besaß neben vielen trefflichen Eigenschaften (nein nein, *die* mußte man ihr lassen, wenn man nicht ungerecht sein wollte!) manch unangenehme Eigenschaften (die man früher auch schon unangenehm empfunden – und die einem aber heute direkt auf die Nerven gehen konnten). – Von ihrer Hauptpassion, jener Affenliebe für Katzen, schon überhaupt nicht zu reden! – Und Sonja mußte erzählen, daß die Wirtin ein wohlgezähltes Dutzend dieser Tiere besaß und die zuweilen doch auch wieder so gutmütige Dame zur wahren Furie werden konnte, wenn jemand ihre Lieblinge auch nur scheel ansah. Sie selber (Sonja) hatte diese Passion stets nur in sehr beschränktem Maße geteilt; seitdem sie aber Maximow kannte, der wie er versicherte ein ausgesprochener Katzenfeind war, ging ihr auch der kleine Rest von Sympathie für solch Getier verloren. Und gar als Maximow eines Tages behauptete, daß häufig schwere Krankheiten durch diese Tiere auf Menschen übertragen würden, da grauste sie sich vor ihnen mehr als vor Melnikow.

Maximow: – Besonders gefährlich sei natürlich die häufig vorkommende Tollwut ... Das Anfangsstadium dieses Leidens erkenne man an plötzlichem entsetzlichem Schreien und sinnlosem Umhertoben der Tiere ... Bis aber die Krankheit dann ganz und gar zum Ausbruch käme, bis dahin vergehe dann oft noch viel Zeit ...

Sonja: »Nein, heute hab' ich direkt Angst, nach Hause zu gehen! – Wenn ich doch hierbleiben könnte! – Aber du hast recht, der »Bälle« werden zuviel! – Ach! ...«

Und kaum, daß sie gegangen, gab Maximow seinem treuen Diener Iwan den Auftrag, sich allerschnellstens mit der Köchin der alten Dame anzufreunden. Und er – Maximow – wünsche übermorgen früh schon ausführlichen Rapport.

Eine solche Mission war nicht gerade angetan, einem Menschen wie Iwan Vergnügen zu bereiten. Das zu erobernde Wesen war ältlich und gar nicht nett. Aber die »Wünsche« wie die »Geheimnisse« seines Herrn waren Iwan ein Heiligtum; (wobei uns diese Bemerkung nicht überflüssig scheint, daß es solch »treue« Dienstboten nur im unzivilisierten Rußland gibt ...). – Und nach zwei Tagen schon hatte Maximow von Iwan einen ausführlichen Rapport.

> *Mephistopheles* Nun, heute nacht –?
> *Faust*　　　　　Was geht dich's an?
> *Mephistopheles* Hab' ich doch meine Freude dran!

Da – mitten in der Nacht – wurde Sonja durch einen fürchterlichen Skandal aus Schlaf und Träumen geschreckt. Als ob die Hölle knapp vor der Tür draußen – losgelassen wäre! Möbel stürzten ... Katzen rasten ... und eine fremde und doch bekannte Stimme schrie jämmerlich um Hilfe.

Sonja wagte nicht, das Zimmer oder auch nur ihr Bettchen zu verlassen. Ihre kleinen Angstschreie waren wie Heimchenzirpen zu der teuflischen Oper da draußen! Und plötzlich stürzte ein unbekanntes, nur äußerst spärlich bekleidetes, wild gestikulierendes Frauenzimmer herein. Und die also eingedrungene Person packte das Mädchen an den Schultern und sang mit unreiner und sich überstürzender Stimme weiter ihren Part. Und da war dieses abenteuerliche Subjekt – die Wirtin! Halb sogar nur mehr in ihrem Hemd, mit ganz verzerrten Zügen und ohne die gewohnten Zähne und ihr sonstiges Haar – wer hätte sie bei der schlechten Beleuchtung noch obenein sogleich erkannt? Die alte Dame, die am Tage nicht selten so würdig auszusehen wußte – was eine Veränderung!

Ach Gott, ach Gott, die Kätzchen – die Kätzchen seien plötzlich ohne jedweden Grund in höchste Aufregung geraten und gebärden sich wie rasend. Und bei allen Heiligen – Sonja solle kommen helfen, die lieben Tierchen zu beruhigen!

Statt aller Antwort sprang Sonja aus dem Bett und verriegelte für's erste einmal die Zimmertür. Dann versuchte sie, der Wirtin klarzumachen, daß es am sichersten sei, vorläufig hier zu bleiben. Du himmlischer Vater! sie (Sonja) habe es doch immer gedacht – – zweifelsohne seien die Katzen nun von der Tollwut befallen und man müsse durchs Fenster bewaffnete Männer herbeirufen, die Tiere zu erschießen.

Der »gemütvolle« Vorschlag versetzte die aufgeregte alte Dame in schäumende Wut. Sie beschimpfte das junge Mädchen aufs gröbste. Und die Behauptung, daß die Herzchen toll seien, das sei einfach gemein! Und damit eilte sie hinaus. –

Allein all ihre Beruhigungsversuche da draußen blieben erfolglos. –

Die übrigen Hausbewohner vermuteten zumindest einen Raubmord. Sie requirierten die Polizei. Und dieser gelang es schließlich, halbwegs Ordnung zu schaffen. Wobei ein paar Tierchen freilich fast mit dem Tode abgingen ... Den ganzen Rest der Nacht verwachte die alte Dame am Krankenlager ihrer Lieblinge.

Und all der Groll und Haß, dessen ein in seinen heiligsten Gefühlen gekränktes Mutterherz fähig ist, richtete sich – durch Wand und Türfüllung hindurch – gegen unsere Sonja. Hätte dieses Mensch nicht allen Beistand versagt, so wäre es ohne Hilfe der besoffenen Mannsleute abgegangen und die armen süßen Kinderchen wären all' noch wohl und munter.

Jedes klägliche Miauen entfesselte eine neue Wut gegen dieses raffinierteste aller Frauenzimmer. Immer und immer auf den Ball gehen, jawohl ... wobei das sonderbare Verhalten der Katzen doch wohl schwerlich nur auf Zufall beruhen kann! und unter Tag zu jeder Stund' vagierend mit einer »Freundin« ... wobei sich die Tierchen doch sonst nie so wild benommen haben! – Hahahaha! irgendein Grund müsse da wohl sein!

Waren die Engelchen amende verhext? (zuzutrauen wär's so einem Schindluder wohl!...) Zwar darf ein rechtgläubiger Christ an so etwas nicht glauben – aber wenn ja, dann kam doch nur diese gottvergessene Stravanzerin in Frage! Wie sie schon herzlos eine jede Hilfe verweigerte! Und erst diese gemütsrohen Behauptungen! – War ihr Verhalten gegen die armen Schäfchen in der letzten Zeit nicht geradezu ein feindliches gewesen?

– Der Brief der Wirtin, den die Köchin am nächsten Morgen unserer Sonja überreichte, der troff nur so von saftigsten Ausdrücken. Und der in der Nacht vielfach geäußerte Verdacht war darinnen bereits zur unwiderlegbaren Tatsache geworden. »Ich dulde Sie natürlich nicht eine Sekunde länger in meiner Wohnung usw.«

Also hatte Maximow erreicht, was er beabsichtigt hatte. –

Und hier sei ein für allemal das Rezept für solche Fälle preisgegeben:

Dein Diener bringt die Nacht in deinem Auftrag bei der betreffenden Köchin zu. Und sowie die Köchin eingeschlafen ist, schleicht sich der Liebhaber in den Salon und gießt dort starken Baldriantee aus. Hierauf weckt der Diener die Geliebte und verabschiedet sich. Voilà.

Oder sollte irgendwem dieses noch nicht bekannt gewesen sein: daß gerade Baldriantee es ist, der Katzen unwiderstehlich anzieht, und sie vollständig wild und verrückt macht ... ?

Na also!

Der Beschluss des ersten Buches

Eine Wohnung für Sonja?

Eine Agentin des Ministeriums des Innern, die Maximow dienst-
lich unterstand, vermietete möblierte Zimmer. Der gesellschaftliche
Ruf der Dame war tadellos ... so ließ sich auf diesen »Ruf« hin, was
Ungeniertheit anbetraf, schon ein wenig sündigen.

Der Umzug fand statt. – Als wohlerzogenes Kind schrieb das junge Mädchen sofort nach Hause und schilderte ausführlich den ganzen kürzlichen Vorfall. Und da die Eltern hinter der Katzentragödie
beim besten Willen kein Liebesabenteuer wittern konnten, geben sie
sich nachträglich noch mit dem Wohnungswechsel einverstanden.

Das Glück der Liebenden war ein ungetrübtes, weil ungestörtes.

Kam wer Maximow besuchen, dann gab Iwan zur Auskunft, der
gnädige Herr sei in die Krim abgereist. Die Abschiedstournee war
in einem abgekürzten Verfahren beendet worden, und auch der
Bescheid des polizeilichen Einwohnermeldeamtes lautete: Verreist
nach der Krim.

Warum also sollte das Glück der Liebenden kein ungetrübtes gewesen sein? – Wie schaal, wie fade kamen Maximow nun die ge-
zierten, seelenlosen Modedamen vor! Ihm kam ins Blut was wie
einem Mann, der sich an überfeiner Restaurationsküche den Magen
verdorben hat und der nun beste nahrhafteste Hausmannskost er-
hält!

Um in dem obigen Bilde zu bleiben: Maximow aß die ganze Zeit,
die ihm noch bis zum Ablauf seines Urlaubs blieb, nicht ein einziges
Mal außer Hause!

Maximow Sonja heiraten? – Wo beide doch kein Vermögen besaßen ? – Als ob's so etwas Verlockendes war, nur auf das bißchen
Gehalt angewiesen zu sein ? – Maximow widerstrebte es, einen so
wichtigen fürs Leben bindenden Schritt zu tun – in einem Augenblick, wo die Leidenschaft das klare Urteil trübte. – Die reiche Le-
benserfahrung, die er in seinem Beruf erworben, sagte ihm, daß alle
sogenannten Liebesheiraten – wie alle andern im Affekt begange-
nen Handlungen – gewöhnlich ein fatales Ende nehmen. – »Und
sieh mal, Sonja: die Frau eines Detektivs ... ja, ist dies nicht schlim-

mer noch als wie die Frau eines *Seefahrers? – Kannst du denn selber nur einen Augenblick lang wollen, daß ich dich einen Monat nach unserer Hochzeit – denk an Odessa! – zur Witwe mache??«*

Um es noch einmal zu beteuern: das Glück der Liebenden war ein ungetrübtes.

Da lief Maximows Urlaub ab. – Der Arzt erklärte: gänzlich wieder hergestellt. Und lobte die Krim. – Blieb also kein vernünftiger Grund, den Dienstantritt länger hinauszuschieben. Zwar hätt' es nicht schwer gehalten, noch auf einige Zeit Dispens zu erlangen ... aber welcher Maximow würde die Pflicht dem Vergnügen geopfert haben? Unbefriedigter Ehrgeiz hätte ihm von vornherein jeden Genuß vergällt.

Überdem: Die Flitterwochen, die waren ja just zu Ende. Und in sein Blut kam eben etwas wie in einen, der lange Zeit nur nahrhafteste beste Hausmannskost erhalten. – – –

Das Ende des ersten Buches

Das zweite Buch

Das erste Kapitel

(Wir haben beschlossen, das, was wir hier zwischen Klammern sagen wollten, lieber an die Spitze des eigentlichen Textes zu setzen ... von solcher Wichtigkeit erscheint es uns!)

Es sollten längst all' solche Erzählungen, wie diese unserige eine ist, einer größeren Übersichtlichkeit nicht mehr ermangeln dürfen. Aber wieviele wenn nicht alle Schriftsteller von Beruf tun, als ob das die Hauptaufgabe ihres Berufes ausmache: auf dem Wege ihrer Geschichte grad als wie auf dem Wege aus dem brennenden Sodom recht nach dem Beispiele Lots und seiner Töchter dahinzueilen. »Errette deine Seele, und siehe nicht hinter dich; auch stehe nicht in dieser ganzen Gegend. Auf den Berg rette dich, daß du nicht umkommest.« Wo steht denn dies scheinbar höchste Gebot für Schriftsteller geschrieben? Wo steht denn geschrieben, daß es gut sei, einem Publikum, das sowieso sehr leicht vergißt, das Vergessen nur noch leichter zu machen? Sieh dich um, Leser, und du o Leserin sieh hinter dich – auf die Gefahr hin wie einstens Lots Weib zur Salzsäule zu werden! Denk an mein Wort von der Landschaft der Seele – sexualperspektivisch lerne zu schau'n! Laß deine bloße Neugierde hungern zugunsten tieferer Wissenschaft! Und daß mein Werk ein wahres Diptychon sei – erkenn' und bemiß es danach! Und so möcht' ich denn erklären, daß ich keinen Schritt weiter tue, eh' sich nicht ein jeder noch einmal völlig darüber orientiert hab':

wie Maximow erst durch – sagen wir getrost Vielweiberei für eine Weile ganz verrückt monogam geworden, aber nicht weil's eine kranke Laune seines Geistes, sondern weil's ein gesunder Wille seines Fleisches heischte – und wie nach Ablauf der – von uns noch sehr unbekannten Gesetzen vorausdiktierten – Frist dieser selbige Maximow aus dieser monogamischen Verliebtheit und verliebten Monogamie, sodann ebenso naturnotwendig sich wieder heraussehnte.

Daß der Ablauf dieser Frist eben mit dem Ablauf seines Urlaubs zusammenfiel, das mag man meinetwegen einen vom Dichter gewaltsam gefügten Zufall schelten. Doch sollte ein Teil der Leser wenigstens über soviel Erklärungen zu soviel Einsicht gelangt sein, daß Maximow in dem einen andern Fall vielleicht noch einmal »aus freien Stücken« zu seinem Arzt gegangen wäre, um sich mit Ablauf der verliebten Frist auch ein kürzer gestecktes Ende seines Urlaubs zu sichern.

Als einen also rücksichtslosen, weil also ehrgeizigen Menschen kennen wir ihn doch nun schon zur Genüge!

Oder?

Doch damit wollen wir wieder einmal für eine Weile genug »Anatomie der Liebe« getrieben haben ...

Nein, Maximow war froh, war seelensfroh, da er erst einmal im Kupee saß und der Train – schier unhörbar erst – anfing, davonzurollen.

Kupee? Train? – kaum daß Maximow seinen Dienst neu angetreten hatte, da hatte er auch schon den Befehl in der Tasche, der einer Auszeichnung gleichkam: sich nach Kiew zu begeben, um dort einen Mord – oder war's ein Selbstmord? – aufzuklären.

Ja, Maximow war froh, war wirklich seelensfroh. Um so mehr, als er bei seiner offiziellen Rückkehr von seiner angeblichen Krimreise bemerkt zu haben glaubte, daß die verschiedensten Personen seiner Bekanntschaft ein sehr sonderbares Lächeln für ihn parat hatten. – In diesem selben Kupee noch, während der Train wie auf Gummirädern rollte, stieg's heiß in ihm auf: Sollten die allzusamm irgendwie Verdacht geschöpft haben? Verd –! Und nun um ihn und Sonja genau Bescheid wissen? In diesem Augenblick wie in manchen vorhergehenden, seit er wieder im Dienst sich fühlte, haßte er Sonja schier! Diesen – diesen – die – die – diesen Betthasen ... – Und war eiliger noch abgereist, als es der Dienst geboten hätte!

Nicht natürlich ohne vorher noch diese zwei Dinge schnellstens zu erledigen. Erstens einmal – da nur Markows Sonja richtig kannten, sie allein also die Möglichkeit besaßen, das junge Mädchen auszuforschen, so sollte auf seinen Wunsch die Kleine den in der letzten Zeit ohnehin stark vernachlässigten Verkehr mit ihnen für diese Kiewer Zeit wenigstens gänzlich abbrechen. Und zweitens einmal – Sonjas neuer Wirtin befahl er, auf das schärfste aufzupassen.

Sonjas Augen aber waren derweil – vor soviel Eile und immer nur fort fort fort fort trachten! – wie mit einem ganz feinen Häutchen überzogen gewesen.

»Ich ... ich ... ich kann nicht weinen –«

»Immer nur fort! fort! fort! fort! fort!«

»Ich...ich...ich kann nicht weinen –«

Maximow war froh, so froh, so seelensfroh wie einer, der einer unangenehmen Sache kurz vor'm Augenblick des Ausbrechens einen Aufschub auf lange hinaus doch noch – grad' wie eine Schlappe – beibringen konnte.

Dieser Betthase, dieser Betthase, dieser Betthase, dieser Betthase – sang ihm der Train. Und darüber schlief er ein. Ein sehr medisantes Gesicht einer seiner Bekannten malträtierte ihn im Traum und ließ ihn wieder aufwachen. Und wach aber sagte er sich dann wieder, daß er froh sei, seelensfroh...

Seine sieben, acht ersten Briefe aber aus Kiew, die waren dann so fiebernd-eifersüchtig *allgemein* gehalten, daß den neunten oder oder zehnten Tag ein Schreiben Sonjas kam:

Sie – Sonja – hielt's nun nimmer und nimmer aus: Eine liebende Natur wie sie möchte doch auch etwas Detailliertes von derselbigen Kiewer Aufgabe wissen – möchte daran teilnehmen als an etwas, das des geliebten Mannes Sinnen und Trachten doch mindestens 18 von 24 Stunden eines jeden Tages voll und ganz in Anspruch nehme! Womit sie übrigens keineswegs auch nur wieder eifersüchtig geschrieben haben wollte, so wie andere Weiber schreiben und wie Maximow selber schriebe: »Was tust du und was treibst du dort den ganzen Tag?« – total unbegründete Eifersüchteleien, die die Adressatin sowohl wie auch den Adressanten in hohem Maße ungerecht quälen würden – sondern womit sie verstanden werden wolle, so wie sie es als wirklich liebende Natur gemeint habe.

Und diese Wirkung war eine so blitzartige, wie es die Postverhältnisse nur erlaubten.

Welcher Brief Sonjas uns übrigens als ein rechtes Dokument mitfühlendster Weiblichkeit dünken würde, wenn – – ja, wenn Sonjas

Augen damals nicht wie mit einem ganz feinen Häutchen überzogen gewesen wären.

Wir wollen dem Gang der Geschehnisse nicht unnötig vorgreifen, aber soviel sei immerhin verraten, daß dieser Brief Sonjas auch noch etwas anderes als ein rechtes Dokument mitfühlendster Weiblichkeit gewesen sein kann.

Und so gelangte denn nun an Sonja eine ganze Reihe von Briefen, die wir aber keineswegs alle hier abdrucken wollen. Haben wir doch mit unserer russischen (und vielleicht gerade deswegen auf unsere eigene Veranlassung eingestampften) Ausgabe da eine bittere Erfahrung gemacht. – Genauer ausgedrückt: es war in jener russischen Ausgabe auch für den Leser (nicht nur für den Detektiv selber) ein Verwirrendes, diese ganze Mordaffäre ungleich mehr mit den Augen des eifersüchtigen Liebhabers denn mit den Augen des besonnenen Detektivs gesehen und danach geschildert zu erhalten.

Möge jeder einzelne Leser sich diese Tatsache lieber in seiner Phantasie grad soweit rekonstruieren als er es für just noch nicht verwirrend und – auf die Dauer nicht gerade für langweilig findet: chacun à son gout.

Das mag für den Leser schwer sein – uns ist es dadurch leichter.

Und deckt sich übrigens glänzend mit der von uns eingangs aufgestellten Behauptung: *»Man kann's dem Lesepublikum nicht schwer genug machen, noch dazu wenn es dem Autor dadurch leichter gemacht wird.«*

(Intermezzo.)

Die Verhaftung des Grafen Studnitski wegen Mordverdachts erregte weit über Kiew hinaus ungeheuerliches Aufsehn. Und da in den Adern des Angeschuldigten polnisches Magnatenblut rollte, so sah man ihn vielfach nur als das neueste Opfer russischer Regierungsintrige an.

Der Graf Studnitski hatte seit Jahren eine gewisse Tatiana ausgehalten. Das von Tatiana allein bewohnte zu ebener Erde gelegene Logis bestand aus Schlafzimmer, Salon, Eßzimmer, Badekabinett und Küche. Ihre beiden Dienstboten – Köchin und Stubenmädchen – hatten die Dachstube über drei Stiegen inne. Eine elektrische

Klingel führte aus der Wohnung bis zu ihnen hinauf. Außer diesen drei Personen schlief niemand im Hause. Alle übrigen Lokalitäten dienten zu Bürozwecken.

Der Graf Studnitski hatte – nach seiner eigenen Aussage – an dem kritischen Abend gegen 10 Uhr wie gewöhnlich Tatiana besucht. Und Haus und Wohnung so wie stets auch diesmal mit seinem Schlüssel geöffnet. Er fand die Freundin im Salon mit Briefeschreiben beschäftigt.

Sie wechselten einige gleichgültige Worte. Wobei ihm nichts Außergewöhnliches aufgefallen. Tatianas Benehmen verriet keinerlei Nervosität oder sonstige Aufregung. Und da er, der Graf Studnitski, schläfrig gewesen, so hatte er sich entkleidet und war zu Bett gegangen. Sie – sie wollte erst noch die Korrespondenzen erledigen und dann nachkommen.

Irgend etwas schreckte den Grafen auf. Er hatte längst fest geschlafen. Nun rief er Tatiana. Erhielt aber keine Antwort. Im Nebenzimmer brannte noch Licht.

Er begab sich dahin. Und zu seinem sprachlosen Entsetzen lag da die Freundin vor dem Schreibtisch tot am Boden. Und daneben der Revolver. Er – der Graf – meldete das Vorgefallene sofort telephonisch der Polizei. Und zur selbigen Zeit auch weckte vermittels der elektrischen Klingel die Dienstboten.

Nach dem Motiv der Tat befragt, gab der Graf an: es sei ihm alles miteinander vollkommen unbegreiflich. Nur plötzliche geistige Störung könne es gewesen sein. Denn er und Tatiana hätten sich doch so sehr geliebt und wären so glücklich miteinander gewesen! Nur plötzliche geistige Störung also – wie gesagt. Tatiana hätte ja auch wiederholt Anfälle von religiösem Wahnsinn gehabt. Wo sie dann permanent geistliche Lieder singen, unmotiviert weinen und sich geißeln konnte bis aufs Blut. Wie die Striemen an ihrem Körper übrigens beweisen könnten. Unter solchen Anfällen, da konnte sie auch zuweilen Selbstmordgedanken äußern. Den Revolver? den wisse er schon lange in ihrem Besitz! nur wo und von wem sie ihn einst gekauft haben mochte, das sei ihm durchaus nicht bekannt.

Die zwei Dienstboten – als die dann vernommen wurden: Selbstmordabsichten sowie auch Spuren religiösen Wahnsinns –

von so etwas hätten *sie nie* an der Herrin auch nur das geringste bemerkt. Schuß? war von ihnen (wie vom Grafen) nicht gehört worden; erst das Klingeln (des Grafen) hätte sie geweckt. Revolver? nie von allen beiden im Besitz der Herrin gesehn.

Und sowie all dieses die beiden Dienstboten, wenn auch getrennt, vollständig übereinstimmend aussagten – so auch noch: daß der Graf, da sie herunterkamen, vollständig angekleidet gewesen wäre.

Des fernern: ihren Wahrnehmungen nach hätten die Herrschaften ja wohl glücklich miteinander gelebt. Und die Tat, die erscheine auch ihnen beiden unbegreiflich. Um so mehr als Tatiana noch in der allerletzten Zeit die verschiedensten Pläne, was Neuanschaffungen für den Haushalt usw. usw. anging, nicht nur einmal, sondern viele Male geäußert.

Der Amtliche Bericht: – 4 Uhr 20 Minuten morgens der Selbstmord telephonisch mitgeteilt – Schlag 5 Uhr Polizei in Begleitung eines Arztes am Tatort erschienen – Graf und die beiden Dienstboten anwesend – Leiche vor dem Schreibtisch auf dem Boden – Revolver daneben. – Weiter: – Der sofort vorgenommene ärztliche Befund gibt die Möglichkeit eines Selbstmordes zu – die vielen Striemen und Narben, die den ganzen Körper bedecken, verschiedenen sowohl älteren wie auch jüngeren Datums – das Mädchen zweifelsohne häufig mißhandelt worden – der Tod vor ca. fünf Stunden erfolgt. –

Auf dem Schreibtisch ein Abschiedsbrief: »Verzeiht, liebe Eltern, doch ich konnte nicht anders! – Euere unglückliche Tochter!«

Trotz dieses Schriftstücks aber erschien der Polizei die Angelegenheit ziemlich mysteriös. Man rief den Untersuchungsrichter. Und der traf gegen 8 Uhr ein.

Die Aussagen der Dienstboten und der ärztliche Befund waren Studnitski natürlich unbekannt, denn die Polizei hatte selbstredend jede Person einzeln im Speisezimmer verhört. Und die Beamten, die hüteten sich wohlweislich, den Grafen auf die Widersprüche aufmerksam zu machen.

Und auch dem Untersuchungsrichter kam – nach Einsicht in die Protokolle und nach Abnahme des polizeilichen Rapports – die Sache ziemlich verdächtig vor. Die Wohnung wurde genau besichtigt. Das Bett schon gleich, das schien unbenutzt und nur wie mit Absicht zerwühlt. Und alle Gegenstände in Schränken wie in Schiebladen sehr durcheinandergeworfen. Und auch alle Bilder, Teppiche und Möbel verschoben.

Schmucksachen und Geld hingegen alles unberührt jedes an seinem Platz. Kein Dieb also. Und aber auch Tatiana konnte unmöglich als Anrichterin all dieser Unordnung in Betracht kommen. Denn wenn die wirklich vorher noch nach etwas Verlegtem gesucht hätte – so sucht man gemeinhin doch nicht dann hinter Bildern und Möbeln! – Und dieser Punkt erinnerte die Polizei grad zur rechten Zeit noch, daß das Gerücht ging: Der Graf habe Tatiana in England geheiratet – doch wollte der Graf, daß das strengstes Geheimnis bliebe. Wie? wenn nun Tatiana das nun auf einmal nicht mehr gewollt, und sich des Trauscheins glücklich bemächtigt hätte, eine Pression auf den Grafen damit auszuüben und der Graf sie dann nur ermordet hätte, um sich des Trauscheins neu zu bemächtigen, und ihn dann aber nicht oder erst hinter einem Bild, unter einem Teppich oder hinter einem Möbel gefunden.

Eine Hypothese? – Ei gewiß nun freilich vorläufig wenigstens nichts als eine Hypothese – indes – – – –

Indes, eine Hypothese, die immerhin manches, ja, die immerhin vieles – – – –

Aber, um nur dies Eine zu nennen, der ärztliche Befund mit seiner Möglichkeit des Selbstmordes! – Eine Möglichkeit eines Selbstmordes ist noch lange kein Beweis, daß ein solcher dann unbedingt vorliegen müsse! Nein nein. Ein solches Gutachten kann schließlich nur sagen, daß nach dem Schußkanal und der aus der mehr oder minder starken Verbrennung des Einschußwundrandes berechneten Entfernung der Waffe vom Körper im Augenblick der Entladung zu urteilen, u.a. auch die physische Möglichkeit bestehe, wie daß Tatiana die Waffe selber abgedrückt habe.

Nichts weiter. Aber diese Behauptung des Grafen hingegen, er habe unmittelbar nach der Tat an die Polizei telephoniert – während der nach 40 Minuten erschienene Doktor feststellte: daß der Tod seit ca. fünf Stunden eingetreten sein müsse ...!

Was sagt man *dazu*?

Während jener fünf bzw. vier Stunden und zwanzig Minuten hatte der Graf allenthalben das Papier gesucht, denn eine solch günstige Gelegenheit kehrte voraussichtlich niemals wieder!

Was den Untersuchungsrichter dann auch gleich noch der Ansicht machte: daß auch der angebliche Abschiedsbrief Tatianas an ihre Eltern – von Graf Studnitskis Hand herrühren müsse!

Kurz und gut: der Verdachtsmomente waren zuviele. – Die Striemen am Körper des unglücklichen Mädchens, die nach ärztlichem Befund nicht von eigener Hand herrührten – wie roh mußte der Graf mit der Geliebten umgesprungen sein! Und der religiöse Wahnsinn? – ein Märchen! – Auf all diese Verdachtsmomente hin erfolgte Graf Studnitskis sofortige Verhaftung. Aber trotz der sogleich vorgenommenen Körpervisitation ward der Trauschein nicht bei ihm gefunden. Und die Haussuchung – verlief ebenso resultatlos.

Offenbar hatte er das Papier bereits vernichtet.

Dann opponierten Graf Studnitski wie seine Verwandten sehr energisch gegen die ihrer Behauptung nach gänzlich ungerechtfertigte wie überdem noch äußerst schikanös geführte Untersuchung. Und wandten sich wiederholt mit telegraphischen Beschwerden direkt an den Minister. So daß aus diesem Grunde wohl – trotz der scheinbar bewiesenen Schuld ein »Beamter zu besonderen Aufträgen« abkommandiert wurde.

Welcher kein anderer als – *Maximow*.

Und Maximow war bald ebensosehr überzeugt, daß der Untersuchungsrichter irrte, wie er überzeugt sein wollte, daß der Untersuchungsgefangene log.

Eine Doppel-Überzeugung übrigens, wie sie Beamte zu besonderen Aufträgen gern schon von St. Petersburg mitzubringen belieben. Denn wenn ein Untersuchungsgefangener die Wahrheit sagt, dann braucht ein Untersuchungsrichter nicht recht viel länger mehr zu irren und umgekehrt, wenn's schon einmal so lange angestanden hat, daß ein Untersuchungsrichter nicht mehr irrt, dann steht's auch nicht mehr lange an, daß der Untersuchungsgefangene die Wahrheit sagt. Was nebenbei ein Scherz ist, der sogar Sonja für einige Augenblicke erheiterte, da Maximow ihn ihr schrieb.

Maximow war der Ansicht, daß von einem fortgesetzt roh mit dem Mädchen umspringen, was dann schließlich gar mit Mord enden sollte, keine Rede sein konnte. Dieses ganze Liebesverhältnis hatte vielmehr auf sadistischer Grundlage basiert. Die Striemen am Körper der Leiche bewiesen es. Selbstverständlich war dieses perverse Moment vom Untersuchungsrichter um so mehr nicht geahnt worden als Graf Studnitski es – mit allen Mitteln – verheimlichte.

Brachte man die einzelnen Punkte auf diese allein richtige Basis zurück, so erstand vieles in wesentlich anderem Licht. Daß Tatiana an religiösem Wahn litt, das behauptete der Graf z.B. nur, um die Entstehung der Striemen einigermaßen plausibel zu machen.

Auch daß seine Angaben über den Zeitpunkt des Todes von den Feststellungen des Arztes abwichen, erschien so eher begreiflich. Nach dem »Selbstmorde« mochte der Graf getrachtet haben, alle Briefe, die einen Aufschluß über die Art des Liebesverhältnisses gegeben hätten, zu beseitigen. Und dazu braucht man wohl Zeit. Und daß er bei dieser Haussuchung dann so gründlich vorging, das ließ sich wohl teilweise auf große Überspanntheit zurückführen.

Sadisten sind eben anormale Menschen. Der Tod (sagen wir immerhin Selbstmord) des Mädchens erfolgte zweifelsohne bald nach Graf Studnitskis Kommen, und zwar zu einem Zeitpunkt, da er noch gar nicht gedacht hatte, sich schlafen zu legen. Darum die Darstellung, als ob er erst 4 Uhr 20 durch den Schuß aufgeweckt worden – und darum das verwühlte Bett: er hatte all die Zeit und darum auch vollständig angekleidet, wie die Dienstboten aussagten – nach Briefen und anderen Dokumenten gesucht.

Übrigens – was sollte es denn so gar unmöglich sein, daß Tatiana einen Revolver besaß – und diesen Umstand aber den Dienstboten absichtlich verschwieg. Das Halten von Schießwaffen ist in Rußland ohne spezielle schwer zu erlangende polizeiliche Erlaubnis strengstens verboten, und jede Übertretung wird ebenso streng geahndet. Und dieser Toten, das stand fest, war nie eine Waffenlizenz ausgestellt worden.

Den Abschiedsbrief des Mädchens, den hielt Maximow für echt. Und auch sonst glaubte er nicht recht, daß Graf Studnitski die Geliebte ermordet habe. Das psychologische Moment hiezu fehlte gänzlich. Aus welchem Grunde sollte er ein Wesen, das all seine perversen Launen willig ertrug und ihm zu ersetzen daher schwer fallen mochte, erschossen haben. Ja, was denn für eine andere gab sich denn gleich wieder zu sowas her?!

Die Annahme des Untersuchungsrichters, daß das Mädchen den Grafen chantagierte und dieser sie deshalb beseitigte – diese Annahme schien Maximow unbedingt falsch. Damen diese Metiers pflegen bei »Szenen« nicht gerade allzu feinfühlig zu sein und solche Erpressungen verlaufen nie ohne heftige Auftritte. Also hätten die Dienstboten dann unbedingt etwas merken und ihre Aussagen über das glücklich miteinander leben der Herrschaften doch ziemlich anders lauten müssen.

Maximow ließ Tatianas Abschiedsbrief photographieren und die so gewonnene Reproduktion stark vergrößern. Eine starke Vergrößerung läßt den Unterschied – ob eine Schrift echt oder gefälscht ist – stark zutage treten. Und durch dieses Verfahren wurde die Echtheit des Abschiedsbriefes zur Evidenz festgestellt. – Zwar gibt es einzelne Fälscher von Profession, die eine Schrift so lange studieren, bis sie sie dann wirklich geläufig schreiben. Doch sind solche Verbrechergenies also selten, daß man in der Praxis kaum mit ihnen zu rechnen braucht.

Aber die chemische Untersuchung ergab dann: daß das Schriftstück bereits zirka – – vier Wochen alt, also zumindest zwanzig Tage vor ihrem Tode von Tatiana angefertigt worden sei! Und so verständlich Maximow es schien, daß Selbstmörder Abschiedsbriefe an ihre Angehörigen hinterlassen – so unbegreiflich war ihm, besonders bei einer Dame, der Umstand, daß sie ein Schreiben solchen Inhalts schon zwanzig Tage vor der Tat verfaßt haben sollte! Dunnerlittchen! ... in solchen Schreiben will man doch gemeinhin seinen unmittelbar letzten Gefühlen Ausdruck geben – und sollte bei dieser perversen und schon deshalb hypernervösen Person der Seelenzustand stets derselbe geblieben sein? Und wenn schon unerklärlicherweise ja – unterschätzte sie dabei so ganz und gar die Gefahr, das Schriftstück lang vorher schon irgendwie zu verlieren usw. usw.? – Maximow hatte bis jetzt stets angenommen, Tatiana konnte sich nur in einer augenblicklichen Überspanntheit erschossen haben. Und nun auf einemal – wie von langer Hand vorbereitet? Das war ihm unbegreiflich. Sollte also trotz des echten Abschiedsbriefes dennoch ein Mord und kein Selbstmord mehr in Frage kommen? Dann bildeten aber sadistische Motive, da an der Leiche sonst keine Verstümmelungen wahrnehmbar, jedenfalls nicht die Grundlage!

Herrgott, Herrgott! da war er nun richtig in einem Kreis gelaufen und stand nun wieder da, wo er zu allem Anfang gestanden!

Hier festzustellen, ob Selbstmord oder Verbrechen, verflucht nochmal! hielt das doch schwer! – Maximow wollte, durch eine spanische Wand verdeckt, einem Verhör des Angeschuldigten beiwohnen. Aber da erwies sich der Untersuchungsrichter gänzlich unfähig. Dessen Taktik bestand lediglich darin, den Grafen Studnitski anzubrüllen. Und natürlich schwieg dieser dann verbittert...

Damit war es also nichts. – Aber dafür förderten – unter Maximows Leitung – die polizeilichen Erhebungen weitere interessante Neuigkeiten zutage.

Als wie:

Vor der Bekanntschaft mit dem Angeschuldigten hatte die bereits recht verlebte Tatiana ihr Dasein – man muß schon sagen recht kümmerlich gefristet; und erst von da ab – also von der Bekanntschaft mit dem Grafen – großen Luxus getrieben. So sehr, daß ihre Ausgaben in keinem Einklang zu Graf Studnitskis Einnahmen standen und die Vermögensverhältnisse des Grafen daher recht zerrüttet wurden.

Ferner:

Das Gerücht von der Eheschließung in England der beiden schien unwahr. Alle Recherchen hierüber verliefen gänzlich resultatlos. – Weder wußten frühere Bekannte des Angeschuldigten noch solche der Ermordeten etwas von perversen Neigungen der beiden. Vielleicht bestritten sie aber auch nur diese Kenntnis, um sich nicht selber zu kompromittieren. – Graf Studnitski jedenfalls, der galt bei den Damen der Halbwelt, die er vor der Zeit mit Tatiana stark frequentierte, als ziemlich geizig. – Wo der Revolver, mit dem der Selbstmord oder Mord verübt wurde, gekauft sein konnte, ließ sich nicht ermitteln. – Der Versuch, Zeugen zu eruieren, die den Schuß etwa gehört haben konnten, schlug fehl...

Allgemein hingegen herrschte die Ansicht, daß Graf Studnitski und Tatiana, seit sie sich kannten, einander stets die Treue bewahrt.

Und auch diesbezügliche polizeiliche Erhebungen gelangten zu keinem entgegengesetzten Resultat.

Die Bemühungen Maximows, der nun schon schier drei Wochen in Kiew weilte, einen positiven Beweis für die Schuld – oder die Unschuld des Angeschuldigten zu erbringen, blieben erfolglos. Und unsers Helden Laune war daher die denkbar miserabelste. – Ewig konnte man doch nicht, gestützt nur auf die paar schwachen Indizien, die Untersuchungshaft aufrecht erhalten! Die Sache aber, die soviel Staub aufgewirbelt, nunmehr einfach im Sande verlaufen zu lassen – das hielt ebenfalls wer weiß wie schwer!

Tja tja tja tja, das hielt ebenfalls wer weiß wie – wer weiß wie schwer – – – – Na und dann noch obenein diese – diese *Sonja!!*

Vier – fünf – sechs – nein, sieben – – – nun an die sieben Tage keinen Brief mehr ...!

Das fehlte gerade noch! – Wie ? »fehlte«?

– Nein! Vielmehr. –

Das zweite Kapitel

(nach einem solchen Intermezzo, wie voraufgegangen. – Ein raffiniertes Schreiben Sonjas. – Und ein noch raffinierteres Schreiben Maximows. – Und überhaupt lauter Raffinement! wobei der Leser einen Blick in die allerintimste Werkstätte eines Detektivs tun soll ...)

Vielmehr also. –

»Das schickte sich ja wunderbar! *Infam* wunderbar sogar schickte sich das!!«

– wie Maximow sich grimmigst gestand.

Doch von diesem Sich selber grimmig eingestehen ein Mehreres gen Ende dieses zweiten Kapitel des zweiten Buches.

Den achten Tag kam endlich wieder ein Brief ohne Über- und ohne Unterschriften. Des Inhalts:

»Sie werden sich sehr wundern, wenn Sie diesen Brief gelesen und also aus ihm ersehen, daß ich mich nicht länger betrügen lasse. Die schändliche Komödie, welche Sie für gut befunden, mir vorzuspielen, ist zu Ende. Ich durchschaue Sie. Durch gemeine und verwerfliche Mittel verstanden Sie es meisterhaft, mich Ihren Lüsten dienstbar zu machen.

Ich verbiete Ihnen kategorisch, mich ferner durch Zuschriften zu belästigen. Die ganze Angelegenheit teile ich meinem Vater brieflich mit und erwarte seine Befehle. Wie viele arme Mädchen haben Sie wohl bereits ins Verderben gestürzt! Hoffentlich verzeihen die alten Eltern das unverschuldete Unglück. Mein Leben ist zerstört. Ich werde nie wieder jemanden lieben.« Maximows Wut und Empörung kannten, da er das Schriftstück zu Ende gelesen, keine Grenzen. – Dieses Frauenzimmer, das einer solchen Handlung fähig ist, dieses *liebte* er einst! War er damals *verrückt* gewesen? Wie konnte es nur geschehen, daß er sie nicht von *Anfang* an durchschaut?!

Dieser zweck- und planlose Heftigkeitsausbruch ging indessen schnell vorüber. Und seine sonst in allen Lebenslagen bewahrte Selbstbeherrschung kehrte wieder. »Auch ist Rache ein Gericht, das kalt genossen werden muß.« Der – gerechten – Strafen sollte sie ihm schon nicht entgehn. Der Abschiedsbrief war, dem Stil wie Inhalt nach zu urteilen, offenbar von einem Herrn diktiert, der mit dem Metier, gewisse Situationen durch Erpressungsversuche auszunützen, nicht ganz unvertraut war. – Sonja hatte diesen Brief lediglich *sklavisch* nachgeschrieben.

Solche versteckte Drohungen wie Überrumpelung mit Hilfe unerlaubter Mittel – Eltern beichten – deren Befehle abwarten – kategorisches Schreibverbot – wie soviele arme Mädchen schon ins Unglück gestürzt usw. usw. – die bewiesen das bestens – und gingen gradaus auf seine exponierte Stellung los!

Die Schülerin mochte wohl eine recht gelehrige sein! – Nein nein nein nein – an Talent gebrach es ihr wohl kaum! – Mit einem Male erinnerte sich Maximow: wie doch so sehr gut das Mädchen Komödie zu spielen wußte! Mit welcher Routine allein schon hatte sie der Wirtin denselbigen nie erlebten Ball geschildert und alle darauffolgenden Bälle – ein wie gleichgültiges Wesen heuchelte sie bei denselbigen Markows am Tage nach dem ersten Kuß unterm Großen Brand von Moskau – na! und von jener Bemerkung über die Portieren schon überhaupt nicht zu reden! – Aber da zeigte es sich eben wieder einmal eklatant, daß ein Maximow sogar nie auslernen könne! Freilich – indem er in ihr damals noch das schlichte unverdorbene Provinzkind sah, machten ihm die Sachen allesamt bloß Spaß... heute hingegen erblickte er darin nur einen weiteren Beweis für ihren schlechten, grundfalschen Charakter! – Sonjas jetziger Berater mußte wohl zweifelsohne gleichzeitig ihr Liebhaber sein! Der so schnell über sie gewonnene absolute Einfluß bewies es!

Dieses aber, wie daß das Mädchen die brieflich angekündigte Beichte an die Eltern wirklich ausführte, dieses war (Gott sei's getrommelt und gepfiffen! wie Markow immer sagte) gänzlich ausgeschlossen. – Zu einem solchen folgenschweren Schritt reichte Sonjas Courage nicht hin. Eher noch sprang sie in die Newa. Ihr jetziger Freund, der augenscheinlich mehr guten Willen als Talent zur Chantage besaß, der wollte ja durch die Drohung mit Familienskandal Maximow auch nur einschüchtern und in die Enge treiben. Das Geständnis an die Eltern war ja noch nicht abgeschickt und sollte ja erst abgehn – nur um ihn (Maximow) zu einem unüberlegten tausend Ängste ausdrückenden Telegramm zu reizen. Eine solche Antwortdepeche dann, die freilich hätte die Richtigkeit der in dem Brief vorgebrachten Anschuldigungen bewiesen.

Das ganze Projekt war – abgesehen von der wahrhaftig kindischen Unterschätzung seiner (Maximows) geistigen Fähigkeiten nicht einmal ganz so dumm. – Aber um Sonja den neuen Liebesfrühling nur um so gründlicher zu versalzen, schrieb er – gleichfalls ohne Über- und ohne Unterschrift – dieses Folgende:

»Deinen Brief, der mich sehr betrübt – erhalten. Ich muß annehmen, daß Du ihn in einem Moment geistiger Umnachtung geschrieben hast. Nur von diesem Gesichtspunkt aus sind die plötzlichen Vorwürfe, die Deinem ganzen früheren Verhalten mir gegenüber direkt widersprechen, erklärlich. Hoffentlich geht der Anfall bald vorüber. – Jedenfalls konsultiere unverzüglich einen Nervenarzt.

Armes armes Kind, daß Du so leidest! – Sehr unzufrieden mit Dir macht mich, daß Du Deinem Vater gebeichtet. Du erzähltest mir doch des Öfteren, wie roh und wie heftig er ist. Nach der mir von Dir gegebenen Charakteristik von ihm bricht er ja jedweden Verkehr mit Dir ab. Hoffentlich läßt er sich nicht noch zu schlimmeren Schritten hinreißen. – Warum verschließest Du Dir also mutwillig Dein Elternhaus?

Da es leider zu spät war, Dein Geständnis zu verhindern, suchte ich von hier aus vorzubeugen. Ich war also bei Deiner Familie und sprach mit Deiner Schwester. Ich erzählte Ihr alles, trachtete aber dabei soviel wie möglich, alle Schuld auf mich zu nehmen und Dich nur als das verführte Schäfchen hinzustellen. Und sie versprach mir, die Sache in diesem Sinn Deinem Vater schonend beizubringen. Das arme Mädchen, welches fassungslos weinte, tat mir sehr, sehr leid. Aus diesem gewißlich nicht kleinen Opfer magst Du übrigens ersehen, wie sehr ich Dich – trotz allem – *liebte!* – Mit Deinen Eltern sprach ich nicht persönlich, da ich annehmen mußte, daß Deine Schwester sich besser zu dieser Mission eigne.«

Was ein Glück, ein wahres Glück, daß Sonjas Familie nur drei Stunden ca. von Kiew – in dem Provinzstädtchen Wassilkow wohnte! – Maximow dachte natürlich nicht im mindesten daran, den in seinem Brief geschilderten Besuch nun auch wirklich auszuführen. Und brauchte es auch nicht. Denn sein Brief gab ja in perfidester Weise nirgendwie einen Aufschluß darüber, welche wohl von den *sechs* Schwestern Sonjas es unter Tränen auf sich genommen haben wollte, die ganze Sache dem Vater insonders schonend beizubringen. Und jede einzelne zu befragen, dieses hätte Sonja erstens einmal viel Zeit gekostet und wär zweitens schlechterdings unmöglich gewesen, indem diese selbige Sonja mit mehreren von den sechsen nicht gerade auf dem besten Fuße stand.

Voller Schadenfreude malte Maximow sich die Höllenqualen aus, die die Ungetreue, die vorläufig nichts tun konnte als abwarten, wohl erduldete. Bis sie schließlich daraus, daß der rohe und heftige Erzeuger immer noch nicht angestapft kam, ersah – jene ganze Wassilkower Pilgerfahrt Maximows war blauer Dunst gewesen. Na, und bis dahin hatte ihr all die ausgestandene Angst den Geschmack benommen, nur ein Werkzeug für die Erpressungsgelüste ihres neuen Freundes abzugeben. Und selbst wenn die Wirkung, die Maximow sich versprach, weniger nachhaltig sein sollte – so verschaffte sein Brief vorläufig wenigstens einigermaßen Ruhe. Und bei persönlicher Anwesenheit in St. Petersburg – so lange mindestens dauerte der Waffenstillstand – da wollte er denn mit Sonja nebst Konsorten spielend fertig werden. Vor allem galt es, sich über Namen und Charakter des »Nachfolgers« möglichst genau zu orientieren. Den offiziellen amtlichen Ermittlungsapparat dürfte er selbstverständlich nicht dazu benutzen. Und nach nur wenig Nachdenken entschied er sich, Sonjas Wirtin mit dieser delikaten Mission zu betrauen. Auf ihre Umsicht wie auch Verschwiegenheit konnte er sich unbedingt verlassen. Außerdem hatte sie ähnliche Aufträge wiederholt schon zu seiner vollsten Zufriedenheit erledigt.

Gesagt, getan.

Und damit schien ihm diese Angelegenheit vorläufig vollauf genügend eingeleitet. – Die eigentliche Abrechnung mit Sonja, die sollte erst nach seiner Rückkehr nach St. Petersburg erfolgen. Da er bis jetzt keinen Menschen so – sagen wir immerhin leidenschaftlich – geliebt hatte, so war er auch nie noch so schwer gekränkt worden. Rachegedanken bildeten seine einzige Zerstreuung und Erholung. Er kostete seine Rache im vorhinein schon auf das ergiebigste aus.

Ja, er war eben auch darin ein Genießer! – Nur dieser Mord oder Selbstmord hielt ihn noch. Vor dessen gänzlicher Aufklärung durfte er Kiew nicht verlassen. Dies Hindernis mußte daher unverzüglich beseitigt werden. Falls es mißlang, den Gefangenen sofort zu einem Geständnis zu bewegen, wollte Maximow die Untersuchung »mangels genügender Beweise« aufheben und den Grafen freilassen.

Einen strikten Schuld- oder Unschuldsbeweis nun noch zu finden, hielt Maximow für ausgeschlossen. Zeugen, die beim Tode des Mädchens zugegen gewesen, gab's nicht. Das ärztliche Gutachten konnte im Grunde genommen ein dem Angeschuldigten günstiges genannt werden. Auch sonst lagen keine besonders gravierenden Momente vor. Was war da zu machen? – Ei zum Teufel, sollte man doch den Grafen Studnitski mit etlichen Orden beruhigen!

– Bei einer nochmaligen Besichtigung des Tatortes inspizierte Maximow insbesondere die nachgebliebenen Toilettengegenstände und Garderoben aufs genaueste. – Und die zahlreichen Frou-frous, die erregten seine Aufmerksamkeit! Aus den Aussagen der Dienstboten ging hervor, daß die Herrin ständig ein solches Kleidungsstück trug. Sie liebte offenbar dies diskrete Knistern und Rauschen der Seide. Auch verwandte sie viel ein besonderes stark duftendes Parfüm. Verschiedene Flacons waren noch mit der Essenz gefüllt.

Und Maximow befand sich ganz allein am Tatort und – »geisterte durch die Räume«, wie er so etwas nannte. – Wie roch doch dies Parfüm? So wie das leibhaftige – »Leben«! Sonja...?...!– Wie seltsam sich der Name Sonja von diesen Wänden widerhallend anhörte! Und er sprach's: »Sonja«... und er sprach's nochmal und nochmal: »Sonja, Sonja, Sonja...« .. .und einmal schrie er's gar – natürlich nur um die Wände zu probieren! – Und da fiel der Abend ein, und Maximow war immer noch da, – und Maximow machte trotz der Dämmerung noch immer nicht Licht. »Sonja, Sonja, Sonja, wenn du hier drinnen wärest – ich glaub', ich würde dich ein wenig ausziehn – wie – weißt du noch? Ja, und dann – dann würde ich dir deine ganze blasse Nacktheit einzig mit einem dieser Froufrous bedecken – Sonja – *Luder!!* Und das Froufrou selber würde deinen Namen knistern: Sonja! und deine Schandtat rauschen: Luder!! Und dann würde ich dich ersäufen – grad wie ersäufen mit diesem Parfüm, das nach dem leibhaftigen »Leben« duftet!! Oder nein – Ich würde die *Geißeln* suchen, die doch hier noch wo versteckt sein müssen ––– –« – Und schon bei tiefer Dämmerung verließ der Detektiv mit einem Male wie *flüchtend* diese Wohnung. – Und hatte in der Nacht einen seltsamen Traum: Als wie er säße an der Stelle des Grafen Studnitski in der Zelle, des Mordes beschuldigt an Sonja, die jenes Parfüm »leibhaftiges Leben« sehr liebte und immer nur in Froufrous ging, ja, selbst wenn sie sonst gar nichts mehr anhatte, doch immer noch ein Froufrou trug...

Und komisch, nein, wie komisch doch einem sein kann: Maximow glaubte im Traum ganz und gar, wie daß er sehr schuldig wäre. Glaubte es, mit einer Art Kinderglauben. Glaubte es schier mit dem Glauben, der Berge versetzt.

So komisch –

(Intermezzo.)

Und das Fazit aus demselbigen Traum: Den andern Abend befahl Maximow einer Polizeiagentin (wenn auch nicht gerade in der rosigsten Laune): Also ein paar von den seidenen Unterröcken anziehn und sich mit dem in Tatianas Nachlaß vorgefundenen Odeur – aber *schwer*, sag ich Ihnen – parfümieren! Und Stiefelettchen runter und gegen Filzschuhe vertauscht!

Und um Mitternacht begab sich die also angetane Agentin dann vor Graf Studnitskis Zelle, klopfte dreimal langsam und sehr feierlich an und ging, stets in unmittelbarer Nähe der Zellentür, auf und nieder. Auf und nieder.

Auf und nieder.

Hin und her.

So,

so ist's recht,

so – ja! ...

(So daß Maximow all seine gute Laune von früher wieder ankam!)

Und das schwere Parfüm drang – wie das leibhaftige »Leben« – durch die Gucklöcher der Türe von der Zelle – – und der Gefangene schnob den ihm wohlbekannten Geruch ein – – und vernahm das Knistern des Froufrou – – und hörte doch bei alldem keine Schritte: daher die Pantinen – und wähnte also vollkommen und voller Entsetzen: Tatianas Geiste kämen ihn besuchen!

Polen sind, wie alle Slawen, im allgemeinen sehr abergläubisch. Und die Einsamkeit und die Finsternis, die vermehrten nur noch des Grafen Entsetzen. So daß er brüllte, stöhnte und wimmerte – wie nur ein wildes Tier. – Und niemand kam, wie er auch rief. Die sogenannte Mörderzelle, in der er interniert war, lag gänzlich separiert. – Endlich erschien der Aufseher; zusammen mit Maximow. Und dieser letztere stellte sich dem Grafen, der fast kein Mensch mehr war, vor, und erklärte, daß er aus St. Petersburg abkommandiert sei, die Ursachen von Tatianas Mord zu untersuchen und in diesen mysteriösen Fall Licht zu bringen.

Und der Gefangene, der erzählte in gar abgerissenen und sich überstürzenden Worten das, was er soeben erlebt hatte. Und die beiden hörten teilnahmsvoll zu und taten tief erschüttert. Und das Gespenst übrigens, das mußte unmittelbar vor ihrem Kommen wieder gegangen sein. – Und die beiden Beamten, die wollten sich nun gleichfalls wieder entfernen. Da aber flehte sie Graf Studnitski an, doch bei ihm zu bleiben. Sie aber weigerten die Erfüllung eines solchen »reglementswidrigen« Begehrens auf das entschiedenste. (Was konnte der Graf viel von »Hausordnung« wissen!)

Nach längerem Hinundherreden einigte man sich dahin, das für morgen projektierte Verhör etwa jetzt schon abzuhalten. Die Vornahme einer solchen Amtshandlung böte einzig und allein hinreichenden gesetzlichen Grund, den Grafen aus der Zelle – für einige Zeit wenigstens – herauszunehmen. – Und sie begaben sich alle drei in ein komfortabel möbliertes Empfangszimmer. Die Aussicht, unter Menschen zu bleiben, bewirkte Wunder bei dem Verhafteten. Auch sprach Maximow mit dem Gefangenen auf das herzlichste. Im Gegensatz zu dem groben brutalen Untersuchungsrichter, der für keinerlei Gedankenaustausch zu haben gewesen.

Maximow stellte nur Fragen. Solche und solche. Und Graf Studnitski benutzte eine seit Wochen entbehrte Gelegenheit – ja, seine eigenen Worte berauschten ihn förmlich. Der unheimliche soeben durchgemachte Vorfall, der bot für's erste genügend Stoff. Es ist charakteristisch, daß Menschen ihnen unverständliche schauerliche Ereignisse gern immer wieder besprechen und dabei immermehr ausschmücken. So auch hier.

Der Untersuchungsgefangene vergaß gänzlich, daß er eigentlich einen »Richter« vor sich habe. Was weniger daher kam, daß Maximow zu ihm wie ein Kavalier zu einem ändern Kavalier zu sprechen sich bemühte als vielmehr: daß der Graf grad' wie aus einem Delirium daherredete.

Er beteuerte: er hätte die Tote geliebt, gehaßt und gefürchtet. Und das dreimalige Klopfen der Erscheinung vorhin, dieses deutete er: daß »sie« ihn innerhalb dreier Tage zu sich ins Grab holen wolle. – Und nach und nach erzählte er die ganze Leidensgeschichte: –

Vor ca. drei Jahren war's, daß Graf Studnitski Tatiana in einem Varieté kennenlernte. Und infolge einer sinnlosen Betrunkenheit das arg heruntergekommene Wesen erst ins Separee zu sich und später dann gar mit nach Hause nahm. – Durch also sklavische Unterwürfigkeit und also weitgehendste Erfüllung all seiner Launen wie es selbst bei Damen dieses Métiers eine Seltenheit ist – fesselte sie ihn. Und nachdem das Verhältnis bereits eine längere Zeit gedauert hatte, mietete er ihr, um gänzlich ungeniert zu sein, eine Wohnung. – Sie erweckte in ihm sadistische und andere perverse Neigungen. Und wozu ihn ursprünglich Neugierde verleitet, das wurde ihm bald zum Bedürfnis und zur Gewohnheit. – Die demoralisierende und nervenzerrüttende Wirkung blieb nicht aus.

Obschon Tatiana scheinbar blind gehorchte, geriet Studnitski bald vollständig unter ihren Einfluß. Sie verstand es, Wünsche, an deren Erfüllung ihr viel gelegen war, ihm gleichsam zu suggerieren. – Ihre Armut hatte sie früher gezwungen, sich vieles zu versagen, und der Luxus, den glücklichere Kolleginnen trieben, noch jedesmal ihren Neid erweckt. Und ihr ganzes Streben und Sehnen war von früh an dahingegangen, die andern alle dereinst überbieten zu können. Und da sie fest davon überzeugt war, daß ihr neuer Freund ebenso reich wie geizig wäre, so schien ihr der richtige Augenblick gekommen.

Seinen von allem Anfang an häufigen Klagen: ein solch teueres Leben ruiniere ihn – schenkte Tatiana nicht den geringsten Glauben. Und um solche Szenen abzukürzen, wo nicht ganz zu vermeiden, und gleichzeitig rührendste Anhänglichkeit und Treue zu dokumentieren, erklärte sie oft: »Kommt die Not, dann sterben wir gemeinsam.«

Tränen, Küsse und – verrückte neue Einkäufe! So endete das allemal. ----Aber noch ein anderes geschah: Bald widerstrebte es dem Grafen förmlich auch nur daran zu denken wie es wäre ein Weib zu umarmen, das nicht weinte und stöhnte vor Schmerzen. Und die Abnahme der nötigen Kraft zur intensiven Liebesausübung weckte in ihm das Verlangen nach noch stärkeren Reizmitteln – Peitsche und Stock genügten nicht mehr. Das weiße Fleisch des Mädchens zu beißen, die Angst zu beobachten und die Gegenwehr zu brechen, bis ins Innerste zu wühlen, das dampfende Blut zu trinken, ja, wie sich gänzlich in dieses Weib hineinzu... hineinzu essen: danach gelüstete ihn.

Die Reaktion nach solchen... nach solchen *Wut*anfällen war eine gräßliche. Er erkannte allemal deutlicher das Gefährliche dieser Situation: die Sache *mußte* eines Tages mit Lustmord enden. – Und immer wieder nahm er sich vor, dieses Weib fortan zu meiden; und immer wieder brach er den Vorsatz. Tatiana übte eine dämonische Anziehungskraft auf ihn aus. Auch glaubte er das Mädchen genügend zu kennen: *sie* würde trotz ihrer scheinbaren Unterwürfigkeit nie gutwillig auf eine Trennung eingehen!

Und es zum Bruch kommen lassen? – Dann erfuhr alle Welt (dafür würde Tatiana schon sorgen) von seinen sadistischen Neigungen. Und mit dem Bekanntwerden dieser Tatsache ging seine letzte Rettung – sich gut verheiraten! – verloren. –Deshalb auch vor der Polizei und dem Untersuchungsrichter das Märchen vom religiösen Wahnsinn!...

Das Verhältnis fortsetzen wie auch das Verhältnis abbrechen – beides mußte ihm unbedingt verderblich werden. Also nur der Tod des Mädchens konnte helfen...

Und da war's wieder einmal, daß Tatiana dringend Geld forderte. Und Graf Studnitski weigerte es diesmal beharrlicher denn je, indem er behauptete, unmittelbar vor dem Ruin zu stehen. Und wieder einmal ward Tatiana sehr sentimental und aber diesmal schien es, als ob der Graf ihrer Versicherung, beim Eintritt der finanziellen Katastrophe mit ihm sterben zu wollen, weniger Glauben schenkte denn je. So daß Tatiana sich hinsetzte und – nach seinem Diktat – Abschiedsbriefe verfaßte. – Das Aufsetzen solcher Schreiben hat ja weiter keinen nachteiligen Einfluß auf die Gesundheit; andernfalls wäre sie wohl kaum so bereitwillig gewesen...

Die Ausführung der Tat wurde dann selbstverständlich verschoben, das Geld hingegen bewilligt. – Und ungefähr drei Wochen dann nach dieser Abschiedsbriefaffäre schilderte der Graf seiner Tatiana den Selbstmord eines reichen Kiewer Kaufmanns. Der Fall hatte großes Aufsehen erregt – und Graf Studnitski behauptete, ihm sei es nach der ärztlich festgestellten Schußrichtung völlig unbegreiflich, wie der Lebensmüde die Waffe im Augenblick der Entladung gehalten habe. Selbstmord? Nur wenn man die Beteiligung einer dritten Person annehme, lasse sich die Sache erklären...

Und im Verlauf der Unterhaltung nahm der Graf den Taschenrevolver, den er, wie Tatiana bekannt war, stets bei sich trug, um in der Hand der angeblich entladenen Waffe den Vorgang, wie er sich ihn dachte, zu rekonstruieren... und die Kugel traf gut. Und der Tod erfolgte sofort. – Und Graf Studnitski brach neben der Leiche ohnmächtig zusammen.

Und erst nach einigen Stunden kehrte ihm das Bewußtsein zurück. Er empfand heftigste Reue. Aber es war keine Umkehr mehr.

Die Waffe, mit der er die Tat vollführt hatte, die kannte niemand. Er hatte diesen Revolver vor längerer Zeit im Ausland gekauft – und nur Tatiana hatte um ihn gewußt. Und der Art der Schußwunde nach mußten die ärztlichen Sachverständigen unbedingt die Möglichkeit des Selbstmordes befürworten.

Auch der echte Abschiedsbrief des Mädchens lag vor! – konzentrierte sich also seine Hauptsorge darauf: alle Gegenstände, die das Sadistische des Verhältnisses verraten konnten, zu beseitigen. Nur die Geißel mochte bleiben – des religiösen Wahnsinns wegen.

Zu Anfang des Liebestaumels hatte Studnitski einige recht perverse Briefe an Tatiana gesandt. Und Tatiana hatte später versichert, daß diese Briefe längst verbrannt seien. Was Studnitski ganz und gar nicht glauben wollte. Deshalb auch durchsuchte er, ehe er die Polizei rief, die ganze Wohnung. – Die allgemein behauptete Heirat in England hingegen – an der wäre kein wahres Wort (wie Studnitski zuletzt Maximow versicherte).

Und nächsten Tag dann vor dem Untersuchungsrichter, am Schluß seines wiederholten Geständnisses:

– An jener Heirat in England hingegen, nein nein nein nein, daran ist wirklich kein wahres Wort! Und es ist mir geradezu unerfindlich, wie die Welt zu einem solchen Gerücht gekommen sein mag!...

Der Beschluss des zweiten Buches

Vor der Abreise aus Kiew – Telegramm an Sonjas Wirtin.

Und Sonjas Wirtin war pünktlich zur Ankunft Maximows am Bahnhof.

»Der von Ihnen eingeforderte briefliche Bericht–«

»Schon gut, schon gut! Jener Graf in Kiew hat unerwartet schnell gestanden; also berichten Sie mir nun mündlich auf dem Weg nach meiner Wohnung –«

Sonjas Verhalten nach der Abreise Maximows war ursprünglich ein durchaus korrektes. Sie ging regelmäßig zur Musikakademie und blieb sonst stets zu Hause. – Nur Frau Markow sprach einige Male vor, wurde aber allemal unter dem Vorwand, das junge Mädchen sei ausgegangen, abgewiesen. Dieser häufige Mißerfolg schien diese Dame zu ärgern. Plagte sie doch offenbar eine ganz gewisse Neugierde: die Wahrheit über Maximows Liebesroman, der als Gerücht alle Frauengemüter beschäftigte, zu erfahren. Und schließlich gelang es ihr, Sonja auf dem Wege von der Musikakademie nach Hause abzufangen und –– bald war das vernachlässigte Freundschaftsverhältnis erneuert.

Sonjas Wirtin: Der Kleinen »Traurigkeit« und der Kleinen »Sehnsucht«, das waren gleich von Anfang nur etwas schönere Namen für – *Langeweile*. Sonja langweilte sich ohne Sie! Also kam ihr jene Entführung durch Frau Markow im Grunde sehr gelegen.

Und gegen meine Vorwürfe verteidigte sie sich mit Argumenten, die mir als ihr von Frau Markow eingeflüsterte vorkamen.

Und später einmal kam Sonja nach Hause und meinte, daß sie nun quasi berühmt sei. Indem daß alle das Wesen zu sehen verlangten, das es verstanden hatte, einen Mann wie Maximow auf so lange zu fesseln! – Und all meine Versuche, ihr das Lächerliche dieser Situation klarzumachen, blieben erfolglos. Sonja wurde gegen mich ganz und gar mißtrauisch und verschlossen und ich war in ihren Augen wohl nichts als eine neidische alte Tunte.

Da tauchte zur rechten Zeit ein Schwindler namens Abendstern auf. –

Maximow: »Abendstern?–«

Sonjas Wirtin: »Der sich als Professor der Graphologie ausgab. Und aus der Handschrift nicht nur den Charakter, sondern auch die Zukunft lesen wollte. – Ich hab' dieses natürlich nicht von Sonja, sondern erfuhr's auf einem andern Wege! – Der Schwindler erfreute sich bald einer gewissen Beliebtheit und Frau Markow gehört sogleich zu seinen eifrigsten Anhängerinnen.«

Maximow: »Also – Abendstern!«

Sonjas Wirtin: »Bestimmt weiß ich nur noch, daß dieser Abendstern häufig in Frau Markows Salon verkehrt. – Über das Weitere weiß ich nichts Positives mehr. Es sei denn, daß dies Gerücht auf Wahrheit beruht: daß eine Dame aus der Gesellschaft Abendstern bestochen haben soll, die Freundin des Maximow für sich zu gewinnen.«

Maximow: »Aus Eifersucht?«

Sonjas Wirtin: »Und wünschend – jawohl– den von Sonja so lang besetzten Platz dann selber einzunehmen.«

Lange Pause.

Der Wagen hielt.

Maximow: »Kommen Sie, bitte, mit herauf–«

Iwan strahlte.

Maximow: »Dann wollte die betr. Dame der Gesellschaft damit also den Status quo wiederherstellen ––––.«

Sonjas Wirtin: »Welchen status quo?«

Maximow verstummte.

Iwan kam.

Iwan ging.

Sonjas Wirtin: »Sonja zeigte, wie alle verliebten Frauen, diesem Abendstern wohl die Briefe von Ihrer Hand –«

Maximow: »Ich danke Ihnen für Ihre Bemühungen. Ich denke, ich weiß genug.«

Und Sonjas Wirtin ging.

Ob eine von den schönen Petersburgerinnen den status quo nun wirklich wiederherstellen wollte oder nicht – das eine war sicher: Sonja hatte wie alle verliebten Frauen diesem Abendstern die Briefe von Maximows Hand zu deuten und damit sich selber weggegeben. Mit mehr oder weniger Widerstand – gleichviel. Und damit war Maximow in Sonjas Augen zum frivolen Mädchenjäger geworden. Mit mehr oder weniger Selbstüberredung– ebenfalls gleichviel. Und über solchem Einfluß und solcher Selbstbeeinflussung war dann jener Abschieds-, Droh- und Erpresserbrief entstanden...

Hier galt kein langes Überlegen. Maximow beschloß, den Graphologieprofessor unverzüglich aufzusuchen. Er stellte sich Abendstern unter falschem Namen vor und trat als gläubiger Klient auf, der Aufschluß über die Zukunft haben wollte.

Und der elegante Besucher zog im Verlauf der Unterredung ein Hundertrubelbillett aus der Tasche und spielte damit. Und durch den Anblick des Geldes, das er für sein Honorar hielt, fasziniert, vergaß der Schwindler jede Vorsicht. Und es entging ihm sogar, daß er die Unterschrift bereits gesehen und – gedeutet hatte. Und das Ende war: daß es einen zweiten edlen Charakter wie den Schreiber dieser Zeilen auf der ganzen weiten Gotteswelt nicht mehr gibt.

Und diese Deutung wurde auf ausdrücklichen Wunsch des Klienten, der angeblich diese Urteil seiner Braut zeigen wollte, von Abendstern schriftlich fixiert, und zwar, um einen jeden späteren Anstreit auszuschließen, direkt auf den Bogen, darauf die Schriftprobe stand.

Und Abendstern überreichte dem Klienten das Gutachten und Maximow bezahlte statt mit dem Hundertrubelbillett mit seinem wahren Namen. Und ließ ihm nur die Wahl Zwischen sofortiger Verhaftung oder Einstellung aller weiteren Chantageversuche.

Ein widerwärtiges Gewinsel und die Versicherung hündischster Ergebenheit war die Antwort.

Sonja zu bestrafen, widerstrebte Maximow. Die war mit diesem Schwindler bestraft genug. Erschossener noch als Tatiana!

Und Maximow beschloß, alles Geschehene zu vergessen und – o status quo! – sein Leben seiner Arbeit und ... seiner *Karriere* zu widmen.

Doch darüber lese man im Ersten Kapitel des Ersten Buches ein Mehreres nach.

Das Ende des zweiten Buches

Über tredition

Eigenes Buch veröffentlichen

tredition wurde 2006 in Hamburg gegründet und hat seither mehrere tausend Buchtitel veröffentlicht. Autoren veröffentlichen in wenigen leichten Schritten gedruckte Bücher, e-Books und audio-Books. tredition hat das Ziel, die beste und fairste Veröffentlichungsmöglichkeit für Autoren zu bieten.

tredition wurde mit der Erkenntnis gegründet, dass nur etwa jedes 200. bei Verlagen eingereichte Manuskript veröffentlicht wird. Dabei hat jedes Buch seinen Markt, also seine Leser. tredition sorgt dafür, dass für jedes Buch die Leserschaft auch erreicht wird.

Im einzigartigen Literatur-Netzwerk von tredition bieten zahlreiche Literatur-Partner (das sind Lektoren, Übersetzer, Hörbuchsprecher und Illustratoren) ihre Dienstleistung an, um Manuskripte zu verbessern oder die Vielfalt zu erhöhen. Autoren vereinbaren direkt mit den Literatur-Partnern die Konditionen ihrer Zusammenarbeit und partizipieren gemeinsam am Erfolg des Buches.

Das gesamte Verlagsprogramm von tredition ist bei allen stationären Buchhandlungen und Online-Buchhändlern wie z. B. Amazon erhältlich. e-Books stehen bei den führenden Online-Portalen (z. B. iBookstore von Apple oder Kindle von Amazon) zum Verkauf.

Einfach leicht ein Buch veröffentlichen: **www.tredition.de**

Eigene Buchreihe oder eigenen Verlag gründen

Seit 2009 bietet tredition sein Verlagskonzept auch als sogenanntes "White-Label" an. Das bedeutet, dass andere Unternehmen, Institutionen und Personen risikofrei und unkompliziert selbst zum Herausgeber von Büchern und Buchreihen unter eigener Marke werden können. tredition übernimmt dabei das komplette Herstellungs- und Distributionsrisiko.

Zahlreiche Zeitschriften-, Zeitungs- und Buchverlage, Universitäten, Forschungseinrichtungen u.v.m. nutzen diese Dienstleistung von tredition, um unter eigener Marke ohne Risiko Bücher zu verlegen.

Alle Informationen im Internet: **www.tredition.de/fuer-verlage**

tredition wurde mit mehreren Innovationspreisen ausgezeichnet, u. a. mit dem Webfuture Award und dem Innovationspreis der Buch Digitale.

tredition ist Mitglied im Börsenverein des Deutschen Buchhandels.

Dieses Werk elektronisch lesen

Dieses Werk ist Teil der Gutenberg-DE Edition DVD. Diese enthält das komplette Archiv des Projekt Gutenberg-DE. Die DVD ist im Internet erhältlich auf **http://gutenbergshop.abc.de**

Zeitfracht Medien GmbH
Ferdinand-Jühlke-Straße 7
99095 Erfurt, Deutschland
produktsicherheit@kolibri360.de